Für meine Großmutter, meine Mutter,
meine Schwester und meine Tochter.
Und für die Frauen der Schlösser der Loire.

»Komm, ich will dir alle die verlorenen Dinge hinterlassen, das Getuschel der vielfarbigen Welt, und wenn wir die Haut in Stücken geschaffen haben wie ein Kleid, dann werde ich dir, danach, von den alten Ruinen meiner Sprache erzählen, meiner schönen Sprache, die sterben wird, direkt aus dem Wasser ist sie hervorgegangen, aus der Pappel, komm in die Überreste der geplünderten Gärten, den Garten meiner Sprache, den die Codes zerstört haben, komm, solange noch Zeit ist, ich habe es falsch gemacht, wir wollen noch einmal beginnen.«

Michel Serres

One Silver Dollar

Martha war ein schweigsamer Mensch, vielleicht weil sie Schauspielerin der Kategorie Statistin bei Metro-Goldwyn-Mayer gewesen war. Aber sie mochte Geräusche und saß viele Jahre gerne im Garten unter dem alten großen Baum, unter dem man Clark Gable vermisst. Das geschah immer spätnachmittags, Martha trug ein rosa Nachthemd mit Puderflecken oben an den Schulternähten und lauschte dem Geschrei eines Mockingbird, der Sägen und Polizeisirenen imitierte. Manchmal trank sie etwas kalten Kaffee und aß ein hartes Ei. Dann aber hörte sie auf, in den Garten zu kommen, nachdem sie auch aufgehört hatte, Statistin zu sein. Kurz darauf kam ihr Mann Arthur nicht mehr, doch seine Kreditkarte ließ er ihr da, und die zwei Töchter blieben ebenfalls, Adelaide und Katherine, die auch Statistinnen waren, nur bei 20th Century Fox, und Adelaides Sohn Robert, mein bester Freund.

Als Martha also aufhörte, Schauspielerin zu sein – warum, war nie ganz klar, manche sagten, sie hätte den Aufstieg von der Statistin zur Nebenrolle ohnehin nie geschafft, andere, sie sei dick geworden, wieder andere, ihre Nasolabialfalte sei zu tief –, wurde das flamingofarbene Haus draußen und drinnen noch stiller, als es ohnehin schon war. Das ist viele Jahre her und in dem Haus gleich neben dem heute gelblich angelaufenen von Martha sind der Onkel und die Tante tot, nur die alte Eva und ich leben noch hier, auf dem Beverly Drive, fast unten an der Ecke zum Santa Monica Boulevard, der früher sandiger war, mit mehr Bäumen, nicht nur Palmen. Manchmal, insbesondere im Sommer, hört man die Stimme der greisen Eva durch eines der zum Garten geöffneten Fenster. Eva emigrierte einst aus Berlin nach Tel Aviv, kurz bevor Hitler zum Reichskanzler ernannt wurde, und kam dann hierher nach Beverly Hills, weil ihr Sohn (mein Onkel) bei Hughes Aircraft Nachtsichtgeräte für Kampfflugzeuge entwickelte. Martha und Eva haben früher viel über die toten oder gegangenen Ehemänner und über Hollywood geredet. Nun ist Martha selber tot und Eva ist hundert Jahre alt geworden und spricht kein Englisch mehr, nur noch Deutsch, das keiner versteht, insbesondere nicht die mexikanischen Pflegerinnen.

»Ich möchte Würstchen.«

»No entiendo, Miss Eva, what do you want?«

»Meine Beine, ich kann sie nicht … Autsch!«

»But you have to turn to the other side so I can wipe you.«

Nachts weht ihre Stimme den Gartenweg entlang (»Ich komme nach Hause, bald schon, hörst du, bald komme ich nach Hause«), unentwegt, bis in den frühen Morgen hinein, und dann schläft sie, wie einst Martha, den ganzen Tag.

Nachdem Martha aufgehört hatte, Schauspielerin zu sein, war sie nur noch nachts wach und schlief tagsüber. Uns Nachbarskinder lud Robert nach der Schule zum Spielen ein und das stille und vernachlässigte Haus, in dem Frauen in Filmkleidern lebten und die alte dicke Martha im oberen Stockwerk herumschrappte, war uns Wunderort. Drinnen roch es auch im Winter nach Sonnenmilch, im Sommer kam durch die orangen Vorhänge Hitze ins Halbdunkel herein und das Schillern von dicken Blättern, Agaven, Mittagsblumen. Ansonsten war das Haus vollgestopft mit Plunder und an den Wänden hingen keine Bilder, stattdessen stapelten sich Zeitungen bis fast unter die Decke. Aus Angst, Martha aufzuwecken, spielten wir leise, aßen Ritz Cracker und tranken Limonade. Meist stellten wir in Bettlaken gewickelt und der Praktikabilität halber, denn wir brauchten dafür keine lauten Worte, Szenen aus Kunstwerken nach, die wir uns in einem alten Bildband aussuchten: da Vincis *Das Abendmahl*, im Garten unter dem alten Baum Lepages *Jeanne d'Arc* oder etwas Kühneres von Caravaggio.

Der wichtige Teil des Tages begann, wenn Adelaide und Katherine vom Set kamen, müde und mit Schminke im Gesicht, und Martha oben schwer aus dem Bett aufstand, sodass unten die Zeitungsmauern raschelten. Meist war es dann schon sechs Uhr und ab da verlief alles monochrom und anziehend wie ein antikes Bildwerk oder der Nachspann eines Films, den nur noch ein paar

Auserwählte sehen. Oben hustete Martha ihre Kehle frei und murmelte etwas gut Durchdachtes, Feindseliges, unten saßen Adelaide und Katherine am Küchentisch und tranken Mandellikör und Robert und ich machten Hausaufgaben, denn nebenan, bei mir zu Hause, blieb der Onkel bis in die Nacht hinein auf Hughes Airport, die Tante trank im Beverly Hills Hotel und Eva lag schlaff im Stuhl und ließ sich von einer der fünf Pflegerinnen, die sie alle Marina nannte, mit Obst füttern. Wir anderen waren also schon vom Tag erschöpft, von Schule und Arbeit und Frühaufstehen, wenn Martha im rosa Nachthemd und umwolkt von einem Geruch nach Seife und Schweiß im Türrahmen verkündete: »So, nun machen wir was Schönes, wir gehen aus.« Und wenn sie das gesagt hatte und wir pflichtbewusst den Rücken streckten, drehte sie sich um und ging wieder nach oben, um sich »rasch fertig zu machen«, was mindestens eine Stunde dauerte. Dann kam sie herunter im schwarzen Wollkleid, das rote Haar zur Wasserwelle frisiert, und es ging los im alten Cadillac mit den Segeln hinten am Heck. Wir vier saßen plaudernd auf der Rückbank, Martha stumm auf der Vorderbank. Sie fuhr immer an denselben Ort, zum Bullock's-Kaufhaus auf dem Wilshire Boulevard, und wir traten gleichzeitig mit der Ansage »The store will be closing in fifteen minutes« ein. Drinnen war es leer und Martha sagte: »Jetzt kaufe ich was Schönes, Kinder, sucht euch auch was aus.« Sie sah glücklich aus. Doch wir schafften es nie weiter als bis zu den Abteilungen für Kosmetik und Küchenzubehör. Keiner fand etwas Gescheites außer Martha, die hier und da in Auslagen wühlte und einen Toaster kaufte oder einen Mixer, immer dieselben Modelle. Wenn wir dann hoch in den ersten Stock zu den Kleidern und zum Spielzeug wollten, wurden wir gebeten zu gehen; wir waren die letzten Kunden, hinter uns schloss der Nachtwächter kopfschüttelnd die Türen. »So, und jetzt gehen wir essen«, sagte Martha und wir tapsten brav hinter ihr her in ihr Lieblingslokal, einen billigen Diner auf dem Sunset Strip mit großen roten Kunstledersofas, auf denen im Sommer die nackten Beine kleben blieben. Wir durften bestellen, was wir wollten, und das taten wir auch. Martha aß Reuben Sandwich mit Krautsalat und plauderte vom Film. Wenn wir nach Hause kamen, stellte sie den Toaster oder Mixer unausgepackt in das Garagenregal, das voller Toaster und Mixer war. Alle gingen erleichtert ins Bett, nur Martha blieb bis morgens um fünf wach, schrappte und schwankte im Haus herum, ordnete beiläufig aus ihren Stapeln herausgerutschte Zeitungen, murmelte und schimpfte (»I don't give a flying fuck whether he …«). Manchmal kam sie zu Adelaide oder Katherine ins Zimmer und rüttelte sie am Arm, sodass sie aus dem Schlaf hochschreckten.

Martha bezahlte unsere Abende auswärts mit Arthurs Kreditkarte. Wir begriffen nicht, warum sie unausgepackte Dinge in der Garage stapelte und immer mehr davon kaufte. Irgendwann drängte ich Robert und er fragte Adelaide, die sagte, weil er, Arthur, Martha nie ein einziges Geschenk gemacht habe, nicht zum Geburtstag, zu keinem Hochzeitstag, zu keiner Chanukka.

Das war alles. Manchmal, vielleicht einmal im Monat, kam Arthur zum Abendessen. Er wohnte unweit, arbeitete beim Film, ich glaube, in der Rechtsabteilung von Goldwyn-Mayer, und hatte eine Sekretärin, die Maggie hieß, hübsch war und während der Besuche bei Martha auf der Straße vorne im Wagen saß und sich die Nägel machte. Arthur wartete auf dem Sofa, bis Martha wach war, meist hatte er Essen mitgebracht. Wir alle zogen uns zurück, sobald sie aufstand, warum, ist mir bis heute unklar. Einmal jedoch gingen Robert und ich nicht nach oben, wie Adelaide es uns aufgetragen hatte, sondern schlichen aus dem Haus und in den Garten, um durch das Fenster ins Wohnzimmer hineinzuspähen, wo Martha auf Arthur treffen würde. Wir standen auf Zehenspitzen ganz still unter dem Avocadobaum und dickes, scharfes Gras pikste unsere Fußsohlen.

Lange mussten wir nicht warten, dann kam sie herunter. »Hello, Arthur«, sagte sie.

»Hello, Martha«, antwortete er.

Und dann saßen sie sich an den beiden Enden des langen Esszimmertisches gegenüber und sagten nichts mehr. Arthur schaute Martha an, leicht vorgelehnt, gerade, die Hände im Schoß gefaltet. Und Martha schaute Arthur beinahe an. Es schien uns, als streife sie ihn leicht mit ihrem Blick, und vielleicht wollte sie ihn ja anschauen, sein feines Gesicht, in dem sich nie viel regte, den unregelmäßigen Mund. Doch er war weit weg von ihr, für immer, schaute über den Tisch, auf dem etwas Fischsalat stand und Brot und saure Gurken, wie aus einem Stahlturm zu ihr hinüber, erleichtert, fern und traurig. Heute stelle ich mir vor, dass er nachts aus immer demselben Traum aufwachte, in dem Martha, jünger, schön und von Scheinwerfern beschienen mit trockener Stimme aus Erdbeeratem »One Silver Dollar« sang.

Eisvogel

Eisvogelzeit. Halkyonische Tage nannte Nietzsche die seltsame winterblasse Zeit aus Leere und Stille, wenn der Himmel blau und windlos ist und die Sonne die Augen blendet. Frédérique reiste in die Hässlichkeit. Ihr Geliebter war keiner mehr, nur ein flaues, entschwindendes Lächeln an ihrer Seite. Manchmal schickte er ihr aus Wien Bilder von sich. Er sah gut aus darauf, doch sein Lächeln war verkrampft, weil er wusste, dass sie ihn kaum mehr anschaute.

Oft stellte sie sich vor, jemand würde ihr in den Kopf schießen. Ihr Kopf würde platzen, in einer rosaroten Wolke über ihren Schultern explodieren, und da oben wäre endlich Ruhe. Kein Denken mehr, keine Unrast, kein Schwindel. Unter der Dusche kratzte sie ihre Haut, bis sie von roten Striemen überzogen war. Sie war zurück ins Haus ihrer Mutter gezogen. Morgens stand Frédérique oben am Fenster, betrachtete die westfälische Stadt vor ihr, weit und weiß wie ein Laken. Unten in der Küche der vorwurfsvolle Blick ihrer alten Mutter.

»Kannst du dich denn nicht einmal entscheiden? Du verlierst ihn auch noch, nach all den anderen. Und wer soll dann alles bezahlen? Die Miete in Paris, das Auto?«

»Ich will nur das Beste.«

»Dann tu was!«

»Ich verstehe dich nicht, Mutter.« Frédérique drehte sich mit einem scharfen Lächeln um. »Wenn es dir angeblich immer schon wichtig war, dass wir reich heiraten, warum fängst du mit diesen Ratschlägen an, wenn es zu spät ist?«

Ihre Mutter sah sie mit schmutzigen Augen an. Sie war die Frau eines mageren protestantischen Pastors gewesen, der schon tot war. Er hatte drei Töchter gezeugt und wollte keine von ihnen selbst taufen. Die Familie bewohnte ein altes Pfarrhaus, zu dem ein großer Garten mit hängenden Weiden gehörte. Bis heute wusste Frédérique nicht, ob ihre Erinnerungen an den Philosophen, der als Untermieter im Obergeschoss gelebt hatte, korrekt waren. Sie erinnerte sich daran, dass die Augen ihrer Schwestern böse glitzerten, wenn der Philosoph von oben runter in den Garten kam. »Da seid ihr ja.« Ein großer brauner Hund legte den Geschwistern den Kopf in den Schoß, wenn sie auf der Schaukel saßen. Frédérique träumte als Kind davon, schwanger zu sein. Sie wurde zur Puppenmutter, fuhr ihre Puppen im Ort spazieren, bis sie Melanie, ihre liebste Puppe, verlor. Am nächsten Tag fand Frédériques Mutter sie auf den Gleisen. Zerbrochene Kristallaugen. Oft wurde Frédérique wütend auf ihre Puppen. »Gebt mir eure Augen, die gehören euch nicht!«, rief sie und die Eltern belauschten sie hinter der geschlossenen Tür. Sie warf die Puppen gegen die

Wand und riss ihnen die Augen heraus. Es waren nicht ihre Augen, es waren die Augen von dem Kind, das Frédérique haben wollte, wenn sie einmal groß war. Aber sie würde kein Kind haben. Frédérique ging nach Paris und dann kam sie wieder, um bei ihrer Mutter zu leben. Das Geld war verbraucht.

Der strahlend blaue Winterhimmel war für manche wunderschön, für Frédérique war er unerträglich, Ort des Nicht-Ich, der Nicht-Sonne, der Nicht-Wärme. Darunter war die Erde kahl und verschlammt. Über die halkyonischen Tage hatte schon Ovid in den *Metamorphosen* geschrieben, sie hatte das Buch als Kind gelesen. Das Buch der ewigen Verwandlung. »Teufelszeug«, sagte ihr Vater dazu. Alkyone, die Tochter des Windgottes Aiolos, ist mit Keyx verheiratet, dem Sohn des Morgensterns. Sie sind ein glückliches, aber anmaßendes junges Paar, halten sich für gottgleich und nennen sich Hera und Zeus. Zur Strafe schickt Zeus einen Sturm über das Mittelmeer und lässt Keyx' Schiff sinken. Alkyone ahnt es, irrt weinend umher, geht dann an den Strand. Als Keyx' Leiche in den Sand gespült wird, stürzt sie sich von einer Klippe. Doch während ihres Falls geschieht Wundersames. Die Götter haben Mitleid. Bevor Alkyone auf dem Wasser aufschlägt, werden sie und Keyx in Eisvögel verwandelt und leben fortan auf der Insel. Der Windgott schenkt ihnen mehrere Wintertage im Jahr ohne Wind. Ihr Gesang ist klagend, immer etwas traurig. »Stimmen, ins Grün der Wasserfläche geritzt. Wenn der Eisvogel taucht, sirrt die Sekunde«, dichtete Paul Celan.

Frédériques Sekunden sirrten immer. Nie hatte sie Ruhe im Kopf. Sie wünschte, ihre Hirnschale bräche wie ein Teller entzwei. Risse im Knochen. Doch nichts geschah, sie dachte weiter, nur ohne zu Ergebnissen zu kommen. Sie hatte Geldsorgen. Eine richtige Arbeit hatte sie nicht, nie gehabt. Sie schrieb seit dem Literaturstudium ein bisschen. Männer wollten sie, weil sie schön war. Manche wollten sie, weil sie klug war. Sie gaben ihr Geld für das, was sie in ihren Augen darstellte, doch Frédérique fragte nie nach, was das eigentlich sein sollte.

»Ich liebe dein Gesicht am Morgen.« Nachlässig warf sie das Handy aufs Bett, wo die SMS ihres Finanzier-Liebhabers noch ein wenig weiterblinkte. Der blaue Himmel, darunter das noch brache Land. Deutschland lag im ruhelosen, düsteren Winter knöchrig und grimmig da und sie fragte sich, ob es richtig gewesen war zu kommen. Die ohnehin schon immer am Rande des Erträglichen entlangschrammende Sonntagsstimmung ließ Frédériques Gedanken noch sinnloser kreisen. Sie aß viel. Genauer: Sie fraß. Ging zu Edeka und kaufte an der Wursttheke ein: Blutwurst, Sülze, Leberwurst, Katenschinken. Als hätte es in Frankreich kein Fleisch gegeben.

Er wolle sie sehen, wenn schon nicht in Paris, dann eben in Deutschland, drängte der Mann aus Österreich mit den großen warmen Händen. »Spießerin«, sagte Frédériques Mutter. Sie stand dunkel wie ein gotischer Turm in der Küche und schaute durch die dünnen Vorhänge hinaus. Durch das Fenster wehte Pilzsaucengeruch herein und mischte sich mit der Maggi-Wolke der Nachbarin von gegenüber.

Ein Himmel wie abblätternde Farbe, darunter frühlingsblasse Bäume. Frédérique ging spazieren. Stapfte mit leerem Feiertagsgefühl im Magen auf unebenem Straßenpflaster eng beieinanderstehende Häuserreihen entlang. In Parks betrieben junge Männer Morgenturnen, hingen für Klimmzüge und sonstige Übungen an Schaukelstangen oder Klettergerüsten. Auf einem Spielplatz erschrak ein kleiner Junge, der beim Spielen zu oft in der Nase bohrte, als ein Mann im Jogginganzug neben ihm im Sand aufschlug. In Frédériques Tasche summte das Handy. Permanent summte es. »Wo bist du?«, »Wann kommst du?« Wie sie seine Anhänglichkeit hasste. Sie hasste auch sein Geld. Sie wollte sein Geld nicht. Aber sie brauchte es.

Aus den Fenstern eines bräunlichen Fachwerkhauses tönten die Stimmen öffentlich-rechtlicher Fernsehmoderatoren. An der Ecke gleich gegenüber vom Burgwall hatte die Pizzeria Capri schon zu, seit Frédérique ein Kind gewesen war. Die mit grünlichem Moos angelaufenen Läden waren geschlossen, die Klinkerfassade verlottert. Jemand nutzte den Pflanzenkübel am Eingang als Aschenbecher. Frédérique hatte Deutschland nie als lässig erlebt oder träge dahinfließend wie Wien. Ihre Schritte klangen auf dem Asphalt laut und aus alten Schenkentüren wehte miefiger Essensgeruch. Deutschland war melancholisch, selbst im Sommer winterlich im Geist, war Putzkittel und Küchendämpfe, Völkerball und zerfranste Schrebergärten. Poetisch verkannt lag es für Frédérique da wie ein vergilbter Wandteppich.

Von Zuneigung war zwischen ihr und ihrem Finanzier nur selten die Rede. In seinen E-Mails und Textnachrichten sprach er ihr die schönsten Eigenschaften zu, wenn er sie sah, konnte er sie kaum ertragen. »Du zerstörst immer alles mit deiner Gemeinheit«, sagte er und klang dabei selbst böse. Jetzt war sie ihm geografisch näher und er schöpfte zögerlich Hoffnung. Dabei stand er im Begriff, mit ihr das Wichtigste in seinem Leben zu verlieren, und der Himmel war immer noch blau, ungerührt. In der Ferne verschleierte Nebel die Unendlichkeit des irgendwann nahenden Sommers.

Frédérique nannte ihren Liebhaber-Finanzier Bartleby, um ihn zumindest innerlich zu schmähen und ihm, indem sie ihn zu dem Schreiberling aus einer ihrer Ansicht nach mittelmäßigen Erzählung degradierte, die Macht über sie und ihre finanziellen Verhältnisse zu nehmen. Bartleby, der eigentlich Manfred Huber hieß, war ein hochgewachsener und strenger Junggeselle, dessen Verdauung am besten funktionierte, wenn er säbelbeinig wie ein Rinderbaron durch die Straßen seines österreichischen Heimatdorfes streifte und Ausländer hassende Dorfbewohner ihm hinter den Butzenscheiben sehnsüchtig nachstierten, denn er war der Stadtrat Huber. Wobei er oft bedauerte, dass sein Nachname klang wie hundert Jahre Durchschnittlichkeit. Auf Dating-Webseiten nannte er sich verwegen Manni, das klang sämig und nach Holzfällerhemd oder zumindest aufrecht und grau wie die Bürokladde auf der moosgrünen Filzunterlage seines Stadtrat-Tisches. An diesem Tisch saß er gerne, und wenn er nichts Besseres zu tun hatte, bestellte er mit ein paar Mausklicks durch einschlägige Internetseiten Frauen in seine Zweitwohnung am Irrsee. Dort war alles etwas anonymer und keiner guckte komisch, wenn Manfred auf Bergspaziergängen großäugige Osteuropäerinnen in Wanderschuhen über Bäche und Geröll oder rund um den See hetzte und dabei zwanzig lüsterne Bilder von ihrer Rückansicht schoss, mit denen er später angeben konnte. Natürlich nur vor sich selbst, wenn ihm beim Zappen allein zu Hause langweilig wurde, denn er war der Stadtrat Huber. Ja, Frauen aus Osteuropa mochte er am liebsten. Mit Frédérique hingegen hatte er sich nur langsam abgefunden und erst jetzt, als es schon zu spät war, meinte er zu merken, dass er sie liebte. Da er keine Erektionen bekam, wenn eine Frau ihm zuschaute, hatte er Frédérique von Beginn der Affäre an Geld gegeben. Zeitweise auch seine Kreditkarte, die er ihr rasch wieder wegnahm, weil sie zu viele Kleider damit kaufte.

In Frédériques Städtchen waren die Straßen immer

schon leer gewesen. Leer und blass wie das Gesicht ihrer Mutter, das ihr ungehalten durch das Küchenfenster nachschaute, wenn sie zu ihren stundenlangen Spaziergängen aufbrach. Sie hatte das immer auf glamouröse Weise machen wollen, das Spazierengehen, wie die Frauen in alten französischen Filmen, doch diese Gegend war nicht glamourös. Trotzdem trug sie fast bockig weiter ihre puderrosa Hosen und die Sneakers mit den Goldsternen drauf.

Um sie herum Wasserläufe, Wasserburgen, ausgestorbener Landadel. Schiefergebirge, Kohle, Stahl. Entlang beliebiger Wanderwege standen Obstbäume auf Wiesen. Überall gab es zu viel Moos, zu viel Borkenkäferbefall vom Vorjahr, zu viel vor angelaufenen Häusern aufgeschichtetes, modriges Brennholz. Aufsässig starrende Spaziergänger gingen langsam mit nach innen gedrehten Knien und der schlechten Körperhaltung bisheriger Stubenhocker an ihr vorüber. Sie gingen, Frédérique schlenderte.

Im Volksgarten in der Nähe des Flusses allerdings promenierten die Leute auf und ab. Ein alter Mann stand vor dem Metzger auf der Hauptstraße. Umständlich versuchte er sich von seinem Hörgerät zu befreien. »Dieses verdammte Dingens«, fluchte er und sein Hörgerät, genauer: der Hörknopf fiel aus seinem Ohr und kullerte über den Asphalt. »Mensch, dann sei halt nicht so ungebärdig«, sagte seine Frau und Frédérique dachte an ihre Eltern, die nie so beieinandergestanden hatten.

In den Straßen gingen Leute im Anorak herum und gestikulierten wie Yogalehrer. In einer Sackgasse wühlte ein Junkie in Mülltonnen und schrie dabei in sein Handy, das er zwischen Schulter und Ohr geklemmt hielt. Zu vernehmen war der mehrfach wiederholte Satzfetzen: »Ich hab' ihn nicht mehr, hab' ihn nicht!« Vor einer Drogerie saß seit Frédériques Ankunft ein Mann mit seinem Akkordeon und spielte, so schien es ihr, immer dieselbe leise leiernde Melodie, die sie an die Pariser Cafés erinnerte. Er sei ein Flüchtling aus dem Nahen Osten, sagte er, als sie vor ihm stehen blieb und ihn fragte, woher er käme. Dort habe er Heavy Metal gespielt, was verboten sei, fuhr er fort, doch Frédérique hörte ihm kaum zu. Am ersten und am zweiten Tag gab sie ihm einen Euro. Am dritten Tag ging sie an ihm vorbei, ohne ihn anzusehen, begann aber, ihm nach der »Arbeit« zu folgen. Er packte das Akkordeon um siebzehn Uhr ein und ging. Auf dem Heimweg machte er in einem Dönerladen halt. Er bestellte immer dasselbe: ein Falafelsandwich mit scharfer Sauce. Das aß er enervierend langsam, Bissen für Bissen, während er kauend durch die Fensterfront auf die Straße hinausschaute, allerdings ohne Frédérique zu sehen, denn sie stand im schattig überdachten Eingang der Post gegenüber. Danach ging sie ihm bis zu seiner Wohnung nach und rauchte dabei.

Am fünften Tag nahm sie ihn mit nach Hause. Ihre Mutter war ausgegangen. Auf dem Küchentisch stand ein Mürbeteigkuchen, belegt mit Pfirsichen aus der Dose. »Ich bin gleich wieder da«, hatte die Mutter auf ein Post-it geschrieben. Frédérique zündete sich eine Zigarette an und setzte sich an den Küchentisch. »Setz dich doch.« Der Mann blickte sie unsicher an und nahm die Kappe vom Kopf, die er mit den Händen knetete. »Fick mich. Weißt du, was ficken heißt? Ich will, dass du mich fickst.«

Er sprach kaum Deutsch. Als sie begann, ihre Bluse aufzuknöpfen, wich er vor ihr zurück in den Hausflur. Dort hing eine rostrote Tapete. Bluttapete. Sie wollte, dass er sie bluten machte. Doch er ging. Am nächsten Tag klingelte es um siebzehn Uhr fünfzehn an ihrer Haustür. Bitte mach, dass er es ist, dachte sie. Als sie die Hand nach dem Türgriff ausstreckte, überlegte sie, vielleicht doch nicht zu öffnen. Was, wenn er es nicht war? Sie ging zurück in die Küche und setzte sich an den Küchentisch. Darauf standen zwei Frühstücksbrettchen und ein angeschnittenes Graubrot. Frédérique war bereits nackt. Ihr Bauch war in den letzten paar Jahren in Paris schwer geworden vor Fett, der Rest war schlank, wie früher. Ihr Schamhaar war dick und borstig. Schließlich entschied sie, doch die Tür aufzumachen.

Sie fragte ihn nicht nach seinem Namen, sondern starrte ihn abwartend an. Diesmal ging er nicht, kam langsam näher. Was las sie in seinen Augen? Sie wusste es nicht, aber sie vermutete Wut. Warum auch nicht.

Umso besser. Als er auf ihr lag, drückte sie seine Faust in ihre Scheide. »Tu mir weh«, flüsterte sie. »Mach mich bluten.« Er umkrampfte sie mechanisch und das leerte ihren Kopf. Auf seiner Oberlippe stand Schweiß. Er legte seine Hand auf ihre Wange und drückte ihr Gesicht seitlich in die Laken hinein.

Er hatte keinen Orgasmus, aber das war ihr egal. Sie kam dafür dreimal und schubste ihn dann weg, runter von sich. Als sie aufstand, schämte sie sich für ihre wulstige Nacktheit. Vor Bartleby hatte sie sich nie für ihren Körper geschämt, nur für ihre materielle Bedürftigkeit. Frédérique gab dem Straßenmusiker zwanzig Euro und sagte ihm, er solle verschwinden. Er trollte sich ohne ein Wort und hinterließ auf ihrer Haut einen wässrigen Film aus Schweiß.

An diesem Abend geriet sie in Panik. Draußen hörte sie Amseln und der Geruch von verbranntem Fleisch wehte zu ihr herein. Im Nachbarsgarten schoss ein alter Mann mit Plastikpfeil und Bogen auf eine Schießscheibe. Neben ihm saß seine Ehefrau in einem großen, breiten Sessel. »Deine Hand knickt immer ab, Jürgen. Mit dieser Körperhaltung triffst du nie.« Die Frau hielt einen Block in der Hand und verzeichnete die Punkte. Über ihre Knie war eine dicke Wolldecke gebreitet. Frédérique beschloss abzureisen. Nach Paris. Es war etwas Unwiderrufliches. Sie lag auf dem Bett in ihrem alten Kinderzimmer und sah schöner aus als früher. Nur ihre Augen waren zerbrochen.

Calimesa

Sie klackte ärgerlich mit der Gabel gegen das Glas und ein Tropfen Wermut spritzte auf das weiße Tischtuch aus Leinen. Sie war eine moderne Frau. Es war das Jahr 2019 in Palm Springs und MeToo hatte die Frauen kategorisch zu Siegerinnen erklärt. Aber immer schön langsam. Sie, Maryweather, war einmal katholisch erzogen worden, also musste sie sich in Geduld üben. Demütig ihrer Erlösung harren. Sie fand, dass es ihr ganz gut gelang, dass sie wirklich extra geduldig war mit der Bedienung, einer jungen, schlanken Frau, die ein paar Mitesser auf der Nase, ansonsten aber ganz schöne Haut hatte. Sicher war sie neu in ihrem Job. Sie war tollpatschig und stieß im Vorbeigehen mit der Hüfte gegen die cremefarbenen Stuhllehnen, servierte nicht von rechts, wie es im Melvyn's üblich war, sondern schräg über den Kopf hinweg.

Heute hatte Maryweather sich einen Tisch draußen ausgesucht und der heiße Wüstenwind wehte über die Terrasse. Etwas, das aussah wie ein Ascheflöckchen, landete auf ihrem hellen Ärmel. Sie saß seit gefühlten Stunden da und starrte auf die Seiten vor ihr, den Vortrag, es ging um Männer, genauer: um Männerhände, die neue Freiheit – das alles musste fertig werden und nun kam die gottverdammte Bedienung nicht mit dem Fisch. Schließlich trollte sie heran und pfefferte den Teller wortlos vor Maryweather. Am Tellerrand klebte ein Kuchenkrümel.

»Sie, entschuldigen Sie mal!« Die Kellnerin drehte sich langsam um. »Was ist das hier bitte?«

Die junge Frau schaute lange und hohl auf den Teller. »Na, der Fisch.«

»Und was ist das hier?« Maryweather zeigte auf den Krümel. Die Bedienung schwieg. »Das hier ist von einem anderen Gericht. Das hatte ich so nicht bestellt. Bitte umgehend auswechseln.«

Bei dem Wort »umgehend« wurde Maryweathers Mund klein und hart wie ein Knödel. Die junge Frau starrte an ihr vorbei, vielleicht erblickte sie die Konturen eines Planeten ohne Frauen wie Maryweather. Als sie sich abermals trollte, mit dem Teller in der Hand, langsam und tranig, hätte Maryweather ihr am liebsten die Serviette hinterhergeschmissen. War sie immer so gewesen, so reizbar? Der Fisch kam ohne Krümel zurück, immerhin. Maryweather aß langsam, fast meditativ. Sie dachte an ihren Playboy. Der rauchige Wüstenwind fuhr ihr ins Haar und sie dachte an ... Nein, sie dachte weiter an die Langsamkeit der Kellnerin und daran, dass sie früher in der Klosterschule auch so langsam gewesen war, und zwar immer dann, wenn Schwester Anne sie in den Garten zum Äpfelpflücken geschickt hatte. Maryweather war gerne draußen zwischen den Bäumen, in den engen Schnürschuhen auf der festen, immerfeuchten Erde.

Sie sprach von ihrer »Zeit in der Klosterschule«, wenn sie von früher erzählte, aber in Wahrheit hatte man sie in ein Magdalenenheim gesteckt, das auf einer Anhöhe lag. Es gab keine Auffahrt, die zu dem großen, grauen Haus geführt hätte, nur einen ausgetrampelten Pfad und ein paar dünne Bäume, die sich schräg gegen den Wind lehnten. Sie hatte abgetrieben, sie, Maryweather, die damals noch Edda hieß, hatte mit sechzehn Jahren abgetrieben, und ihr Vater hatte ihr das Gesicht aufgeschlagen. Ihr Vater war Anwalt gewesen und fromm. Mitten in der Nacht hatte er sie aus ihrem Bett ins Auto gezerrt, während ihre Mutter weinend aus dem Küchenfenster zu ihr rausschaute. Maryweather hatte immer Nonne werden wollen, dann aber nicht mehr. Im Magdalenenheim waren nachts dumpfe Geräusche zu hören, wie von Tritten, und Mädchen weinten. Eine Neuangekommene hielt sich die schmerzende Brust, denn sie hatte gestillt, als man ihr das Baby wegnahm. Sie war eine der Letzten gewesen, danach waren kaum mehr neue Mädchen angekommen, und sie hatte mehr geweint als die anderen. Manchmal hörte Maryweather noch das Schaben der Waschbretter im Schlaf und roch das Blut in den dicken Waschlappen, die sie als Binden benutzen mussten. »Du musst erst Salz drauf tun und sie dann kalt abwaschen, nicht heiß. Die dummen Nonnenweiber verstehen das nicht«, flüsterte ihr in ihrer ersten Woche ein Mädchen namens Mary zu. Mary hatte einen Sohn, den sie nie sah und der bei ihrer Mutter lebte.

Ach was jetzt. Maryweather schlug sich auf den Oberschenkel. Ein Mann mit Krawatte zwei Tische weiter schaute von seinem Teller auf. Es war vorbei, das alles. Sie hieß nicht mehr Edda und sie lebte jetzt in Palm Springs, wo die Sonne viel zu grell war für die starke Schminke der Frauen. Und sie war auch so eine Frau. Sie war reich, weil ihr Mann reich war, Jock, der sie weggeholt hatte aus Irland. Maryweathers Lippenstift war rot, das Wasser in ihrem Pool schimmerte türkis, ihr Wohnzimmer war weiß, der Körper ihres Playboys ebenfalls. Und auch ihr Kleid war bis auf den kleinen Aschefleck am Ärmel weiß. Sie liebte Weiß, Perltöne, Creme. Schwanenweiß, Eierschalenfarben. Erdbeeren aß sie nur mit Sahne, von weißen Tellern. Der Fisch im Melvyn's war weiß. In ihrem weißen Schlafzimmer stand immer eine rote Rose auf dem weißen Nachtisch.

Einmal hatte der Playboy ihr anonym fünfzig rote Rosen nach Hause schicken lassen, obwohl Jock da war.

»Bist du nicht eifersüchtig?«, hatte sie gefragt.

»Nein, Edda.« Nur er nannte sie so. »Wenn es aber eine einzige Rose gewesen wäre …«

Wir bemerken nie etwas. Wir sind nicht geschaffen für den Moment.

Maryweather war eine körperlich plumpe Frau, deren

Kleider trotz aller farblichen Einfachheit oder vielleicht gerade deswegen etwas Protziges, Theatralisches hatten, wie einst helle Druidenkutten oder schimmernde Ritterrüstungen, die inmitten brokatbehangener Mengen aufleuchteten, dann wieder verschwanden, die ovalen und marmornen Gesichter eng von Tuch eingerahmt. Und der Playboy mochte sie so, eingefasst, eingeschnürt in Designerkleider, egal ob Fettrollen an ihrem Bauch hervortraten oder nicht. Auf die Kleider kam es an und darauf, dass sie sie trug. Natürlich mochte er sie. Sie hatte ihm ein Auto geschenkt, ein rotes, stromlinienförmiges ohne Verdeck. Außerdem eine Tom-Ford-Jacke und ein iPhone, auf dem er seither, auf ihren weißen Flokati liegend, immer herumschrappte. Es hatte etwas wollüstig Weibisches, wenn er sich dort räkelte, breitbeinig, auf dem Rücken, und dann auf die Seite rollte und die Hüfte vorschob. Neuerdings sah er Maryweather anders an als sonst. Zärtlich. Nachsichtig fast, und das machte sie misstrauisch.

Vor nicht allzu langer Zeit war sie neben dem Playboy auf dem dicken Wohnzimmerteppich eingeschlafen. Jung und Alt, Seehund und Sardine nebeneinander, er in der Dunkelheit auf dem iPhone herumwischend, sie, ein schwerer Körper aus Stein, ausgestreckt an seiner Seite. Mit weinseliger Stimme hatte Maryweather mit ihm gesprochen, ihm ihre Liebe gestanden und ihn dann aus Versehen Jock genannt. Sie hatte die Sache mit einem albernen und von einem Rülpser unterbrochenen Wortspiel zu retten versucht, »Jock the Cock, mein Cocker-Spaniel, du«, oder so ähnlich, aber er war wortlos aufgestanden und gegangen. In dieser Nacht hatte sie sich besonders fett gefühlt. Sie hatte sich in den Schlaf geweint und Jock, der sich weiß der Teufel wo herumgetrieben hatte, fand sie am Morgen. Den gestrandeten Walfisch.

Jock war hart. Der Playboy war weich. Seine Schultern waren schmal, die Hüften auch. Er war charmant, sah gut aus, mit einem Hauch Unbegreiflichkeit in seinen Zügen, heutig und zugleich aus der Zeit gefallen, wie ein Renaissancejüngling. Er lächelte sie an und sie zückte ihren Geldbeutel. Was machte ihn so unwiderstehlich, warum glaubte sie ihm fast alles, warum stellte sie ihm Schecks aus und schenkte ihm Pullover und Vintageplatten, Schuhe und das Auto, mit dem er eines Tages wegfahren würde, um sie mit leerem Bankkonto und leerem Herzen zurückzulassen? Sein Name hatte den leicht verwehenden Klang einer alten Dynastie. Wahrscheinlich war er erfunden. Es spielte keine Rolle, ob er log, er war umwerfend und er wollte sie. Maryweather hatte in ihrem Zuhause ein heimliches, entrücktes Peter-Pan-Reich der ewigen – auch ihrer ewigen – Jugend, der Opulenz, der unerhörten Träume für ihn geschaffen. Sie wickelte ihn in edle, teure Stoffe, schmückte sein schmales Handgelenk mit einer dicken Uhr und servierte ihm Langusten.

Maryweather lebte im Haus von morgen. Es war 1962

gebaut worden und das Wohnzimmer war weiß und rund wie eine Muschel mit schuppigen weißen Wänden; von der Decke hing an unsichtbaren Seilen ein schwebender Kamin. An den Wänden hatte Maryweather rundum Spiegel angebracht, die sich gegenseitig reflektierten und ihr Reich ins Unendliche erweiterten wie einen von Kusamas Infinity Rooms. Der Playboy musste nackt in der Mitte des Teppichs, des runden, lammfarbenen Teppichs, für sie posieren. »Mein Adonis du, mein Göttlicher«, sagte Maryweather und machte iPhone-Bilder von ihm. Sie liebte es, wenn er mit gespreizten Beinen nackt dalag. Sie setzte sich dann auf ihn, behielt ihre Kleider aber an. Sie nahm ihn mit in ihren Überfluss, ritt mit ihm davon, geschwind, rasend, brachte eine komfortable Distanz zwischen sie beide und den Rest der Welt. Warum mochte er sie, warum sie ihn? Es war egal. Nichts anderes zählte. Sie war allein, Jock fast immer weg; wenn sie sich über ihre Einsamkeit beklagte, spottete er nur. Sie durfte nie mit ihm kommen, wenn er für die Arbeit wegfuhr oder mit Geschäftsfreunden nach Aspen.

Dafür flog sie ohne ihn nach Manhattan. Dort kaufte sie ein und spazierte durch die Upper West Side. Sie sah sich das Haus an, in dem Philip Roth gelebt hatte, und dasjenige, in dem George Gershwin aufgewachsen war. Die kühlen Brisen, die vom Hudson kamen, atmete sie mit einem frohen »Hach« ein. Sie bewunderte die Damen der Upper East Side, die pastellfarbene Chiffonkleider und gerade Haarschnitte trugen, in den Mündern die weißen Zähne aufgereiht wie Perlen. Wenig Make-up. Sie ließen sich fedrige Blumen liefern, die von livrierten Portiers mit weißen Handschuhen entgegengenommen wurden. Manchmal wollte Maryweather ein wenig wie diese Frauen sein, so dünn und kühl und mit einem Dekolleté, das die Sonne nicht faltig gebrannt hatte. Aber sie war grell, groß, kräftig; ihr Lippenstift rot, ihre Kleider weiß, und zwar immer, nicht nur zwischen Memorial und Labor Day, wie es eine alte Regel wollte. Wenn sie wieder nach Palm Springs zurückkam, empfand sie eine gewisse Erleichterung. Vor allem, wenn sie mit Tüten und Päckchen beladen aus dem Taxi stieg, das sie vom Flughafen nach Hause brachte, und sich vorstellte, wie der Playboy einer Nymphe gleich dem weißen Teppich in ihrem Wohnzimmer entsteigen würde. Und zwar nackt.

Maryweather stand auf. Es wurde immer heißer und stiller auf der Terrasse des Melvyn's. Einst hatten Dean Martin, Cary Grant, Frank Sinatra, Liz Taylor und Ava Gardner auf dieser Terrasse gesessen und der über die gestärkten Tischdecken hinwegwehenden Livemusik gelauscht. Heute war es die Terrasse von Männern wie Jock, Männern mit fettem Nacken und dicker Geldbörse, und es war die Terrasse von Frauen wie ihr. Modern und weitläufig. Als Maryweather an der Bar vorbeikam, stand dort die lethargische Kellnerin neben einem Mann, dessen gegeltes Haar wie der Schopf eines Playmobilmännchens auf seinem Kopf lag. Beide rührten sich nicht und starrten schweigsam und mürrisch ins Leere. Das flüchtige Lächeln, das die junge Frau Maryweather zuwarf, als diese an ihnen vorbeiging, war bemüht freundlich und ohne Hoffnung. Maryweather stieg in einen SUV, das einzig Schwarze an ihr. Über ihr der grellblaue Himmel, am Straßenrand dünne Palmen, Geröll in der Ferne. In der Luft wirbelte Asche herum.

Als sie ankam, lag der Playboy rollig auf dem Flokati. Er wandte den Blick vom iPhone ab und lächelte sie an. Das war der Auftakt. Die kommenden Stunden würde er ständig lächeln, herablassend und wohlwollend zugleich, vielleicht sogar mitleidig, mit hochgezogenen Augenbrauen. Das grausame Lächeln der Jugend. Sie strich mit der rechten Hand ihr Kleid glatt und zog den Bauch etwas ein. Was, wenn er sich wieder einen Kommentar über ihre Figur erlaubte? Würde sie ihn dann rauswerfen, wie schon einmal? Sein verdammtes Lächeln machte sie plötzlich hart. Sie wollte ihn nicht. Sie würde ihn fallen lassen. Aber vorher würde sie ihm noch ein paar Geschenke machen.

*

Calimesa stemmte sich gegen die Kissen, die rosa waren, und machte ihre Beine breit. Sie klappte sie einfach auf, ohne darüber nachzudenken. Auf dem weißen Laken wirkte ihre helle Haut braun gebrannt. Das Atmen fühlte sich heiß an in der Lunge, es roch nach Feuer. Im Wohnwagen, der sie wie eine Muschel umgab, stand die Luft. Draußen klirrten Grillen, drinnen herrschte Stille, nur ihr Herz pochte und der Mann über ihr keuchte leise.

Für Calimesa, die hieß wie der Ort, aus dem sie kam, hatten alle Zeiten eine Farbe. Warten war tiefrot. Der Mittag war im Herbst blauer als im Sommer, wenn er die Farbe von Heidelbeeren hatte. Sommernächte hingegen waren pink. In diesen pinken Nächten schlief sie in ihrem Auto mit ihm, das groß und klapprig war, fast größer als der Wohnwagen, scherzte er. Es war immer derselbe Scherz, immer derselbe Vorgang. Er klappte den Beifahrersitz zurück, bis die leeren Chipstüten und die Plastikbecher auf der Rückbank knarzten. Sie legte sich hin und drehte den Kopf zum Fenster, wenn er sich umständlich auf sie schob, und manchmal verfing ihr Ohrring sich in ihren Haaren. Bei jedem Auto, das vorbeifuhr, dachte sie: »Das ist nicht richtig.«

Wenn er fertig war, waren seine Tränensäcke immer ganz geschwollen. Jock. Nachdem er gegangen war, saß sie oft auf der Schaukel vor ihrem Wohnwagen. Das Metall der Schaukelketten machte ihre Finger kalt. Ihr pinker Nagellack biss sich mit der Nacht. Sie trug ihn fast jeden Morgen neu auf, abends blätterte er schon wieder ab.

In Calimesas Erinnerung waren die Nägel ihrer Mutter immer perfekt gewesen. Überhaupt war sie eine elegante Frau, charmant, trug gerne Schmuck und lachte viel. Erst, als Calimesa die Fotografie, die im Wohnwagen hing, einmal sehr genau betrachtet hatte, war ihr klar geworden, dass ihre Mutter vor allem verzweifelt gewesen war. Auf dem Bild schaute sie direkt in die Kamera, mit dem kalten Blick der Leere. Neben ihr stand Calimesas Bruder, noch fast ein Kleinkind, auch sein Blick leer, gelangweilt. Die Mutter hatte Bridge gespielt, die Bridgekarten mit ihren kleinen weißen Händen schneller gemischt als alle Mitspieler, die immer dieselben waren: der kleine Herr Fats mit den Hosenträgern und die alte Marcia aus Albuquerque, die Stadt, in der immer Winde wehten. Von ihrer Mutter war Calimesa nichts geblieben als das Bridgetischchen, das sie als Nachttisch neben ihr Bett gestellt hatte. Sie fragte sich oft, warum ihre Mutter den Papst hatte besuchen wollen. Sie hatte gesegnet werden und dabei einen schwarzen Schleier tragen wollen, der die obere Hälfte ihres Gesichtes bedeckte, das so traurig war. Wie die anderen Besucher hatte sie wohl den dicken goldenen Papstring geküsst. Sie war tief niedergekniet, ganz tief, sodass ihre Stirn auf die Knie gesunken war. Hatte der Papst die Gedanken ihrer Mutter gesehen, als sie vor ihm kniete? Es war seltsam, die eigene Mutter erst auf einer Fotografie zu erkennen. Sie war schön, ihre Augen verloschen. Von dem Besuch im Vatikan war sie nie zurückgekehrt.

Calimesa war nicht so tiefgründig wie ihre Mutter. Sie glaubte an die Oberfläche der Dinge. An glänzende Magazinseiten mit glatten Gesichtern drauf, an Lidstriche und Nagellack. Aber sie wusste, dass sie nicht das Aussehen dazu hatte, im Gegensatz zu dem schlanken, jungen Mann, der die ältere Frau in den weißen Kleidern manchmal im Melvyn's abholte. Geisterhaft gut angezogen lehnte er an der Säule am Eingang und wartete. Oder er stieg gar nicht erst aus dem Cabriolet, sondern lehnte sich über den Beifahrersitz und öffnete der Alten von innen die Tür. Sie war ihm verfallen, weil er, so stellte Calimesa es sich vor, ein wenig wie Robin Hood war. Er riss ihr Geld an sich, verteilte es um. »Ich und Jock gehen schon lange keinen roten Teppich mehr gemeinsam runter«, hatte sie die Frau einmal mit dem jungen Mann scherzen gehört, aber es klang bitter. Richtig, Jock kam zu ihr.

Calimesa lebte mit ihrem Bruder zusammen. Steve hatte den vorderen Teil des Wohnwagens und schlief auf der Sitzbank, neben die er jede Nacht einen Liegestuhl stellte, damit sie breiter wurde. Neuerdings trank er den Tag über nur noch sechs Dosen Labatt Blue anstatt acht. Seltsam, dass er kanadisches Bier bevorzugte. »Es klingt kühler als das Wetter draußen«, sagte er. Steve roch nach Hash Browns. Der vordere Teil des Wohnwagens auch. Hinten war Calimesas Zimmer und es war ganz rosa. Das Bett, die Tagesdecke, die Wände, der schüttere Vorhang am Fenster. »Hier sieht's aus wie in einer Möse«, sagte Steve manchmal nach dem vierten Bier. Nie nach dem fünften. Das trank er auf der kleinen Treppe, die in den Wohnwagen hineinführte, und dabei beobachtete er den alten Pablo mit dem ölig glänzenden Gesicht, der gegenüber wohnte und am Spätnachmittag die dünnen Blumen vor seinem Camper goss. Steve hasste Pablo, weil Pablo Calimesa zu lange hinterherschaute. Zwischen den beiden Männern standen dünne Kakteen voller Spinnweben.

Calimesa mochte das Bad, ihr Bad, nicht Steves, der sich in der Küche wusch. Sie besaß eine elektrische Zahnbürste und Seifen mit einem geschwungenen M auf dem vergilbten Seidenpapier, die sie von der Arbeit mitgenommen hatte. Auf dem Spülkasten stand ein Schälchen mit gelben Duftkügelchen. Die Kochecke war klein. Irgendjemand, wahrscheinlich der Vorbesitzer des Wohnwagens, hatte das Linoleum der Arbeitsfläche beim Schneiden zerkratzt. Weder Calimesa noch Steve kochten. Manchmal brachte Calimesa aus dem Melvyn's Essen mit, das sie direkt aus den weichen Pappschachteln aßen.

Ab und zu begleitete Steve seine Schwester zur Arbeit und machte sich dafür »fein«; wenn er das Wort aussprach, bog sein schmaler Mund sich nach unten. Er stand dann vor dem halb blinden Folienspiegel, der an dem Schrank über der Spüle klebte, und stylte seine Haare mit Gel, damit sie aussahen wie bei Cary Grant oder Dean Martin. Anschließend rasierte er sich und

Bartstoppeln rieselten auf dreckiges Besteck und Tassen mit Kaffeerand. Im Melvyn's trank Steve kein Bier, sondern Bellinis. Die schlanken Gläser und der glänzende Tresen passten nicht zu seinen groben roten Händen.

Die Wohnwagensiedlung war langweilig, insbesondere im Sommer, wie gelähmt lag sie in der Sonne. Calimesa lag meist auf ihrem Bett, schaute HBO-Serien und versuchte das ständige Sirren der Mücken an ihrem Ohr zu ignorieren; manchmal grillten sie draußen zusammen, sie und Steve, kleine trockene Fleischmedaillons, über die sie süße Barbecue-Sauce gossen. Calimesa saß in Slip und T-Shirt auf der Hollywoodschaukel neben dem Wohnwagen und las Zeitschriften, während Steve den Grill einheizte. Sie liebte den Geruch von Rauch und halb rohem Fleisch und die in der Hitze gedämpften Stimmen der Nachbarn, die auch grillten oder dahockten und tranken.

Von Nahem und bei Tageslicht sah Jocks Haut aus wie rotes Leder, etwas faltiger noch. Er war so groß, dass er sich im Wohnwagen bückte, obwohl er nicht angestoßen wäre. Calimesa war vom Bett aufgestanden, hatte sich auf die Essbank gesetzt und sich die Hände unter die Oberschenkel geschoben. Sie beobachtete ihn. Seine bösen, fleischigen Hände steckten eine Kassette in Steves Kassettenrekorder. Dessen Tasten waren speckig und klebriger Staub hatte sich in den Rillen festgesetzt. Nur die Playtaste war blank gescheuert. »Eine Kassette …«, murmelte Jock versonnen. »Hatte ich lang nicht mehr in der Hand.« Er drehte sich abrupt um, ein bisschen wie eine Maschine, mit der was nicht stimmte, dachte Calimesa. »Magst du?« Er hielt ihr eine Zigarette hin.

»Nein.«

»Gut, umso mehr für mich.« Er zwinkerte ihr zu und ging wieder nach hinten, dorthin, wo sie schlief. Aus dem Kassettenrekorder dröhnte Nirvana.

Unruhig friemelte Jock jetzt am Fernseher am Fußende ihres Bettes herum. Dabei kippte er eine Coladose um, die jemand nicht ganz ausgetrunken hatte, und warme braune Flüssigkeit schwappte über den Bettvorleger, gesellte sich zu den anderen Spuren der Vernachlässigung. Schöne Sommer sind Aberglaube, dachte Calimesa. Jock grunzte ein »Fuck« und fischte sein klingelndes Telefon aus der Gesäßtasche. »Wie ich die Schnauze voll habe«, grollte er. »Gott, wenn sie wüsste, wo ich gerade ...« Er kicherte dunkel, wischte sich über den Mund und legte auf. Das Kichern wurde zu einem feuchten Lachen und dann zu einem Hustenanfall. Jock hustete lange, führte dennoch die Hand mit der Zigarette zum Mund, ließ sie, ohne zu ziehen, wieder sinken. Als der Anfall vorüber war, sah er leer aus. Er schaute Calimesa an und in seinen Augen standen Milchfett und Schmerz. Schwer setzte er sich auf die Bettkante und blätterte in der *Vanity Fair*, bevor er das Magazin auf den Boden schmiss und der friedliche Moment verflogen war. Sein Enthusiasmus auch. Zu Jocks Füßen lag das knittrige Gesicht von Lindsay Lohan.

»Jock, ich brauche Geld.« Es kam schnell aus ihr heraus. So hatte sie es nicht geübt.

»Hm?« Er schaute nicht auf.

»Nicht viel. Tausend Dollar. Tausendfünfhundert. Ich muss hier weg. Ich will nach Los Angeles.«

»Ha, L. A., roter Teppich oder was? Du bist witzig, Calimesa.« Dann, leiser und auf hässliche Weise schelmisch. »Willst weg von mir.«

Jock dehnte seine harten Nackenmuskeln und tastete mit den Füßen nach den Schuhen am Boden. Er zwängte sich ins Bad, trat ans rosa Waschbecken und trank Wasser aus seinen zu einer Schale geformten Händen. »Ich kann dich heute nicht noch mal ficken. Vielleicht morgen, aber dann wieder im Auto.« Er sagte das beiläufig, wie gurgeln und ausspucken. Durch das Fenster sah Calimesa den hellen, jetzt belebten Platz. Es war Nachmittag, aus den winzigen Gärten der Trailer kamen leise Stimmen. Ein Kind weinte. Lachte. Weinte wieder. Aschepartikel tanzten durch die Luft. Jock trocknete sich unwillig das Gesicht und warf dann einen letzten Blick auf das ungemachte Bett, das ganze Rosa, Calimesa, inzwischen so vertraut. »Hier, für den Anfang.« Aus der goldenen Schnalle in seinem Portemonnaie zog er drei Hundertdollarscheine. Calimesa sah ihm von der Treppe des Wohnwagens nach, als er zu seinem weißen Wagen ging.

*

Maryweather lag auf dem Bett. Jock kam aus dem Badezimmer, hinter ihm ging die Toilettenspülung. Sie konnte seine Rasiercreme riechen. Unten stellte die Haushälterin Tassen auf den Küchentisch; jedes Mal machte es klong. War das Haus immer so hellhörig gewesen? Maryweather war angespannt. Jock war früher gekommen als sonst und sie hatte den Playboy zur Hintertür hinausscheuchen müssen. Jock sah gut aus, seine Haut wirkte weniger ledrig. Gedunsen und violett wie ein Schmetterling zwar, aber gut durchblutet.

Draußen hörte Maryweather jemanden sprechen. Sie setzte sich resolut im Bett auf, sodass ihr eigenes Gewicht das weiße Kleid glatt strich. Auf dem unteren Saum entdeckte sie einen Spermafleck. Durch das geöffnete Fenster konnte sie den Playboy auf der Straße vor dem Haus mit einem unerträglichen Hüftschwung auf und ab schlendern sehen, am Handy plaudernd; um seinen Zeigefinger ließ er den Autoschlüssel kreisen. »Es war ganz entzückend, Sie gestern kennenzulernen, Mr. Greenbean«, flötete er ins Telefon. Maryweather hastete nach unten und rauschte auf ihn zu, ihren Jungbrunnen, ihre Sonne. »Verdammt noch mal, beweg deinen kleinen Arsch hier weg.«

*

Palm Springs. Häuser wie flache, auf ruhigem Wasser treibende Boote. Dazwischen Palmensprenkel, am Horizont zackige Berge, die ganze Landschaft eine bräunliche, sich zurückschuppende Haut. Wie müde sie machte, wie sie in den Augen brannte, diese Landschaft, dachte Calimesa. Als die Feuer kamen, um alles zu zerstören, was sie besaß, trieb sie auf einer Luftmatratze in der Mitte des Sees und trank Whiskey aus einem Plastikbecher. Der See war künstlich angelegt, rund und tief. Selbst im Sommer war das Wasser schwarz. Ein böser Krater, ein schwarzes, abgründiges Herz, um das sich die Wohnwagen des Trailerparks scharten. Ihres Trailerparks. Mit ihrem Wohnwagen. Darin ihr Badezimmer. Ihr rosafarbenes Bett, unter dem Kopfkissen ihre drei Hundertdollarscheine. In Calimesa erstrahlte der aschfarbene Sternenhimmel. Sie war nie anderswo gewesen als in der Wüste.

Damenbart

Bisher war Marlenas Alltag blass und ereignislos gewesen, wie es überhaupt ihrem Dasein an Farbe und Ereignissen fehlte. Die Männer in Thessaloniki schauten sie kaum an, dabei fand sie sich manchmal fast schön, obwohl ein Damenbart, den sie nur selten entfernen ließ, einen halbmondförmigen Schatten auf ihre untere Gesichtshälfte warf. Meist mochte sie das stachelige Gefühl, wenn sie mit dem Finger über die Haut strich, versunken, mit auf dem Kopf aufgetürmten Haaren, zu Hause, allein beim Essen. Immer nur essen, Feta, Fetakrümel in allen Variationen, Feta in Blätterteig eingeschlagen, über Wassermelone gestreut, Feta zu Souflaki oder Gyros, überbacken auf Moussaka, auf Auberginen oder einfach Feta in dicken Scheiben aus dem Kühlschrank, mit den Fingern abgebrochen und in den Mund gestopft. Manchmal stellte sie sich vor, sie würde in einem großen, glatten Schafskäse leben. Dann mochte sie das stachelige Gefühl auf ihrer Oberlippe auf einmal nicht mehr, es schlug in einen Ekel um, der sie noch ein wenig mehr wie ein verkannter Künstler mit gezwirbeltem Oberlippenbärtchen aussehen ließ.

Marlena, deren Geisteskräfte höchstens dazu reichten, in Klischees zu denken oder bei Sonnenuntergang, zu welcher Tageszeit auch sonst, unter dem Olivenbaum am Hinterhaus Liebesgedichte der antiken Dichterin Sappho zu lesen, deren fragmentarische Verse sie zwar kaum verstand, die aber wundersam in ihr nachhallten – *und die Handtücher … purpurfarbige, duftige, hat dir Mnasis geschickt aus dem Phokerland* –, Marlena also hatte Geburtstag. Dreiunddreißig. Zaghaft gestand sie sich diese Zahl ein, die so viel mehr war als eine Zahl und vor ihr stand wie eine stehen gelassene Kaffeetasse, in der traurig ein paar ertränkte Träume schwammen. Heute soll endlich etwas passieren, dachte sie forsch auf dem Weg ins Büro.

Sie genoss den morgendlichen Weg, auch jetzt im Herbst. Früh um halb acht lag Thessaloniki – die Ackerfurchenstadt, die Stadt der Argonauten und der Honigopfer, hatte damals ihr Heimatkundelehrer erklärt, was auch immer er damit meinte – dunkel da und Marlenas Jacke fühlte sich klamm an vom Nebel, unangenehm feucht, auch wegen ihrer nassen Achselhöhlen. Sie musste sich ein anderes Deodorant besorgen – welches hatte Zoula empfohlen? Ja, richtig, eins von dieser schönen Bio-Marke Korres, die es in der Apotheke neben dem Zahnarzt Besas auf der Tsimiski-Straße zu kaufen gab. Gerade kam sie an der Klostermauer vorbei, eigentlich bloß ein niedriges Backsteinmäuerchen, darauf ein verziertes Eisengitter. War Angelos schon da? Angelos, das war der Name, den sie dem großen Mönch mit dem besonders dunklen Bart gegeben hatte. Manchmal sah sie ihn morgens, wenn er die Pfauen fütterte. Mit weit ausholender Geste warf er ihnen Körner aus einem an seinem Arm baumelnden Blecheimer hin. In der Stille hörte man das kratzende Geräusch seiner Fingernägel auf dem Blech und die knisternden Schritte der großen Vögel. Marlena verlangsamte dann ihren Schritt, strich katzenartig langsam am Gitter vorbei, hoffte, dass Angelos einen Blick auf ihr Profil hinter den dichten Locken werfen würde. Hellenisch hatte ihr Vater ihr Gesicht genannt, ihr guter Vater, Christodoulos Paroklos, der mit vorgerecktem Kinn im Wohnzimmer ungelenk Sirtaki tanzte und, weil er die Augen geschlossen hatte – so hat es Anthony Quinn gemacht, Kind, der einzige Grieche, der je den Oskar gewonnen hat –, gegen den Esstisch lief. Tatsächlich stach Marlenas Nase scharf und hellenisch aus ihrem Profil, legten sich ihre dunklen Locken kappenartig um ihre olivgelben Züge, in denen die Augen für ihren Geschmack allerdings etwas zu tief in den Höhlen lagen.

An manchen Tagen schaute der Mönch kurz auf, befremdet von ihrem betont langsamen Schritt. Und lächelte. Oder bildete sie sich das ein? Sicher nicht. Heute früh jedoch war der Hof vor dem Kloster wie leer gefegt. Hier und da lagen ein paar verstreute Körner herum, sie war zu spät. Stattdessen kam ihr ein Paar entgegen. Über irgendetwas kichernd, stolperten sie untergehakt in einen Hauseingang. Die Frau, deren gurrendes Lachen nicht einstudiert wirkte, trug ein korsettartiges schwarzes Kleid, schwere, schaukelnde Haare, pudriges Parfum – Marlena liebte das Wort pudrig. Als pudrig bezeichnete sie die vagen Eindrücke, die ihrer Sehnsucht entsprachen: Glätte und Trockenheit, Weite und Helle. Ihr Vater hatte diese Sehnsucht nie verstanden und konterte ihre gelegentlichen Feinheiten mit kognitiver Schwäche und Plattitüden. Gegensätze, wie Gegensätze eben so sind, Kind, hatte er immer dann gerufen, wenn er nicht mehr weiterwusste oder wenn Gesehenes und Gefühltes seine ohnehin schon kümmerliche Analysekraft überstiegen. Und dabei schlug er mit der flachen Hand auf den Tisch.

Der Mann, der die Puderfrau lachend in den Hauseingang zog, sah aus wie der Sänger Vasilis Konstandinidis, höhnisch, neu, in glatter Kleidung. Wie mochte es wohl sein, mit so einem Mann beim Wein zu sitzen und Cocktailhappen, die Marlena aus der Rezeptrubrik in Frauenzeitschriften kannte und die sie sich fluoreszierend weich vorstellte, aus dem Kühlschrank zu zaubern, dem Klappern teuren Porzellans zu lauschen, wenn sie ihm Königsgarnelen, geräucherte Forellen und schwedischen Cranberry-Dip servierte? Der weiche Balsam des wie von einem Dieb beobachteten Moments – Balsam, das liebste Wort ihres Vaters, des Olivenernters aus Kreta – biss sich mit Marlenas saurem Deo-Geruch, der aus ihren ewig feuchten Achseln aufstieg, selbst jetzt in der frischen Morgenluft roch, ja *fühlte* sie den Geruch nach gebügeltem Schweiß.

Der andere, käsige Duft von Zoulas Bougatsa riss sie aus ihren Träumereien. Nein, Bougatsa, dieses fettige Zeug, konnte sie sich jetzt nicht erlauben. Aber vielleicht einen Kaffee. Schwarzer Kaffee fördert bekanntlich die Verdauung. Umso besser, sie war auf dem Weg in ein neues, besseres Leben, und am Ende dieses Weges würde sich nicht nur der ewige Fetaklumpen in ihrem Magen aufgelöst haben, sondern Angelos in einem schwarzen, vorne aufgeknöpften Seidenpyjama auf sie warten. Schwarz – eine andere Farbe konnte sie sich an ihm gar nicht vorstellen. Höchstens noch Königsblau; von dem satten Pfauenton würde sich seine blasse nackte Haut wie ein Opal abheben.

Schade, heute war die dicke Zoula nicht da – noch dicker als ich, jubelte es in Marlena stets beim Anblick der teigigen kleinen Frau. So gerne hätte sie ihr von ihrem Date für heute Abend, ihrem Geburtstagsdate erzählt, den leise seufzenden Neid hinter den dicken Brillengläsern der Bougatsa-Bäckerin erraten. Marlena verließ die Bäckerei und ging die noch leere Tsimiski-Straße entlang. In den glänzenden Schaufensterscheiben spiegelte sich ihr Teint gelb neben dem Beige ihrer Kleidung. Verunsichert verlangsamte sie ihren Schritt. Den Abstecher hätte sie sich sparen sollen, leisten konnte sie sich hier gar nichts. Hektisch durchschritt sie die Paleon-Patron-Germanou-Straße, bog auf die Egnatia-Straße ab und ging, aufgeputscht vom Kaffee, in hüpfenden Bewegungen auf das Universitätsgebäude zu.

Als sie durch die Schwingtüren des Verwaltungstraktes trat und in den mit senfgrünen Teppichen ausgelegten Gang einbog, in dem ihr Büro lag, überkam sie die Langeweile wie ein leerer Winternachmittag allein zu Hause. Nein, halt, dort hinten an der Kaffeemaschine stand Nikos Floros. Nikos, der zu dünne Verwaltungsbeamte mit den Geheimratsecken und den langen Nasenlöchern, in denen im Winter aufdringliche Wassertröpfchen hingen, so groß waren sie. Doch heute an ihrem Geburtstagsmorgen betrachtete sie seine nicht sehr große Gestalt mit einem erwartungsvollen Klopfen in der Brust und seine Steckenbeine mit den knotigen Knien hatten plötzlich etwas schneidig Attraktives. Gestern nach der Nachmittagsbesprechung hatte er sie unter schüchternem Drucksen gefragt, ob sie morgen nicht mit ihm ausgehen wolle. Er wusste natürlich nicht, dass es ihr Geburtstag war, mit ihrem Alter ging sie nicht hausieren. Umso freudiger hatte sie seine Einladung angenommen. Morgen schon, so wenig kann er es also erwarten, hatte es in ihr gejubelt. Wie es wohl wäre, ihn zu küssen, fragte sie sich, als sie in ihre Bougatsa biss. Vielleicht würde seine Nase einen feuchten Abdruck auf ihrer Wange hinterlassen. Vergnügt schürzte sie die Lippen. Das hatte sie sich einer Freundin abgeguckt, die jedes Mal, wenn sie einen Mann entdeckte, der sie interessierte, die Lippen aufwarf wie ein Karpfen und mit einem ungelenken Ruck Brust und Rücken straffte.

Der Vormittag verlief ereignislos. Marlena registrierte ein paar neue Studenten, kopierte die Spesenabrechnungen des Dekans, wies eine picklige Hilfskraft an, Bücher aus der Bibliothek zu holen. Zum Mittagessen traf sie ihre Kollegin Kallisti in der Mensa. Über Erbsenpüree und etwas Feta hörte sie dem Gejaule der jüngeren, schlankeren und für ihren Teint zu blond gefärbten Sekretärin zu, ihrer endlosen Klage über ihre Affäre mit dem Prorektor, die Drohnachrichten seiner Frau an ihre Arbeits-E-Mail, ihren eifersüchtigen Mann mit der hängenden Hose, guter Gott, warum denn kein Gürtel, die Poritze, alle machten sich lustig ... Marlenas Gedanken begannen zu wandern, weg von dem grünen Plastiktisch, den vergilbten Esstabletts, Kallistis dramatischem Gesicht und hin zu Angelos' Pfauenpyjama ... Nun, die heutige Nacht würde ihre Fantasien noch übertreffen.

Nach der Arbeit stieg sie die Treppen zum Antikenmuseum hinunter. Die Sonne stand tief über dem Wasser und das Meer lag ruhig wie eine glänzende Scherbe. Es war fast so warm wie im August. Wie sie den Sommer liebte, das Grillenzirpen, die Hitze, den Strand; das alles ließ sie an die alten Geschichten der Griechen denken, an Eroberungen, Kriege und Schlachten. Geschichten, von denen sie als Kind auf Drängen ihres Vaters kapitelweise in der *Odyssee* erfahren hatte. Christodoulos hatte ihr das dicke, rot eingebundene Buch geschenkt, obwohl er selbst seinen Inhalt nur als salbungsvolle Zitate aus dem Staatsfernsehen kannte.

Es gehörte in allen Schichten zum guten Ton, die *Odyssee* gelesen zu haben. Man war stolz auf Homer, wie man stolz auf die Akropolis war, auf Zeus und auf den Feta. Dabei schaffte es fast niemand bis zum Ende. Als Marlena bei der Stelle mit den Zyklopen angekommen war, hatte sie vor Schreck unterbrochen und das Buch nicht mehr anfassen wollen, doch der Vater hatte sie gezwungen weiterzulesen.

Im Museum blieb sie wie immer vor dem goldenen Kranz stehen, dessen Blüten aus Goldblatt so fein gewirkt waren, dass die zartesten in der Natur gewachsenen Blumen daneben plump wirken mussten. Wer hatte ihn getragen? In dem hellen Anblick des Kranzes schwang ein kristallenes Lachen mit – die für Marlenas Verhältnisse gewagte Metapher verwirrte sie kurz – und das rasche, verheißungsvolle Lösen von schwerem Haar. *Wie eine Quitte … auf dem Boden ein dunkler Hyazinthenfleck.*

Sie drehte sich abrupt um und ging. Draußen schlenderte sie die Hafenpromenade entlang, kaufte sich ein Eis, das in klebrigen orangen Tropfen an ihrem Arm bis zum Ellbogen hinunterlief. Plötzlich wurde ihr schlecht von dem süßen Geschmack und ihrer Aufmachung; die zuckrig-orangen Rinnsale auf ihrer Haut bissen sich mit dem Beige ihrer hochgekrempelten Jacke, erinnerten sie daran, dass sie vor dem Rendezvous unbedingt mit Wachs ihren Damenbart entfernen musste. Marlena roch wieder ihren Achselschweiß, vermischt mit Waschpulver. Wie ein schlecht angezogener Junge, der nach seiner Mama riecht, dachte sie verächtlich, warf das Eis in die nächstbeste Mülltonne und winkte hektisch ein Taxi heran, doch keines hielt. Am Straßenrand direkt vor ihr stand eine kleine alte Frau mit einem schreiend roten Einkaufsbeutel. Ihre senilen Kleider hatten dieselbe Farbe wie die Mülltonne, in der das orange Eis weiterschmolz, und der Blick, den die Alte auf Marlena richtete, schien ein gallenfarbenes, böses Omen zu sein. Sie stand vornübergebeugt wie ein Habicht, dornige Haarbüschel in den Ohren. Endlich hielt ein Taxi, Marlena drängelte sich vor, riss die Tür auf und ließ sich schwer auf die Rückbank plumpsen.

Als sie zu Hause ankam, war es immer noch heiß und die Grillen schrillten in die dämmrige Wohnung hinein. Vergnügt bereitete Marlena sich einen kleinen Gin mit Limette – bald schon, bald würde sie in Nikos' Armen liegen, und … Mit einem Kichern wandte sie die Gedanken ab. Was sollte sie bloß anziehen? Leise Haris Alexious Lied »Hexe« mitsummend, räkelte sie sich aus ihren graubeigen Hosen und begutachtete die roten Nahtstriemen auf ihren Oberschenkeln. Egal. Sie wählte ein rosa Babydollkleid. Unter dem Polyester zeichnete sich ihre Unterwäsche leicht ab. Und wenn schon, es wurde ja bald dunkel.

Im Hafenrestaurant Kitchen Bar ergatterte sie gerade noch den letzten Tisch für zwei. Auf ihre siegesgewisse Frage nach einer Reservierung unter dem Namen Nikos Floros hin hatte die Kellnerin bloß erstaunt verneinend gelächelt. Nun saß sie eingekeilt zwischen vier lärmenden jungen Männern – typisch griechisch mit ihrem lauten Geplapper, den pummeligen Bäuchen unter den spack sitzenden Hemden und den fahlen Gesichtern – und einem Paar, das erwartungsvoll mit Champagner anstieß und dabei trocken und geheimnisvoll kicherte. Die rosigen Wangen der Frau, ihre perfekt gezupften Augenbrauen, das Diamantglitzern an ihrem Finger versetzten Marlena einen Stich.

Immerhin saß sie mit Blick auf das Meer. Ihr gegenüber würde Nikos sitzen. Das Beste für die, die sich lieben, ist ein Sitz einander gegenüber, hieß es bei Homer, oder so ähnlich. Das Nachtlicht nahm Marlenas Teint den Olivstich und ließ ihre Augen funkeln. Voller Vorfreude bestellte sie sich einen Cocktail – Negroni stand in der Karte, das klang schick – und rückte sich in den dicken Kissen der Sitzbank zurecht. Nikos verspätete sich bereits um zehn Minuten. Nun, dann konnte sie ihn wenigstens fröhlich angeschwipst empfangen. Sie knabberte an einem Cracker und schielte auf die Gerichte des Paares am Nebentisch: schwarz glänzende Miesmuscheln, Sardinchen, rötliche Garnelen – das würde sie sich auch bestellen.

Inzwischen war eine halbe Stunde vergangen. Wo Nikos nur blieb? Sicherlich fand er keinen Parkplatz. Nach fünfundvierzig Minuten wurde Marlena unruhig. Gerne hätte sie jetzt die Zeit mit der eleganten Geste des

Zigarettenrauchens gefüllt, doch sie hatte Sorge, dass die Zigarette zusammen mit dem Schatten um ihren Mund unweiblich wirken könnte. Da! In der Ferne kam eine zierliche Männergestalt auf das Restaurant zu. Na endlich. Doch beim Näherkommen stellte sich heraus, dass »er« eine junge Frau im Schlabberhemd war. Wie entwürdigend. Mit einem wütenden Schnauben dachte sie an Nikos' Steckenbeine, die dünne Nase mit den riesigen Nasenlöchern. Morgen würde sie ihm auf der Arbeit begegnen und so tun müssen, als sei nichts geschehen, ihm gelbfleckige Papiere auf den Tisch legen und zusehen müssen, wie sich sein alberner Kraushaarkopf darüber beugen und seine krallige Hand langsam, endlos langsam seine Unterschrift unter die Briefe setzen würde. Sie kippte den Cocktail hinunter und bestellte sich einen neuen. Nach dem vierten wurde ihr schwindelig und sie bekam Hunger. Über zwei Stunden saß sie schon hier, die Männer neben ihr grölten immer lauter, das Paar war untergehakt verschwunden und hatte den Tisch für einen älteren Herrn freigegeben. Schließlich beugte der sich zu ihr herüber und glotzte zuerst anzüglich in ihr Dekolleté und dann blöd grinsend auf ihre Nase: »Na, Mytia, Lust, noch weiterzuziehen?« Zeit zu gehen.

Zu Hause bestellte Marlena bei Domino's eine Pizza mit Loukanika. Der Teig war dick mit Käse belegt, beim Essen tropfte etwas Fett auf ihr Kleid. Draußen auf dem langen, schmalen Balkon hing ihre Wäsche seit dem

Morgen zum Trocknen und aus der Dunkelheit wehte eine Brise den Geruch nach Seife heran. Die gleiche Seife, mit der ihre Großmutter die Wäsche gewaschen hatte, ihre geliebte Großmutter, deren Garten ihr so sehr fehlte. Wäscheleinen und Tomatenstauden in der Mittagshitze. Damals war Marlenas Haut stets klebrig vom Salzwasser gewesen. Mittags hatte sie im schattigen Wohnzimmer *Baywatch* geschaut, Sahnetorte mit Aprikosen gegessen und dabei Gymnastik gemacht, um so auszusehen wie Pamela Anderson, zumindest an den Beinen. Ja, in jenen Sommern hatte sie sich tatsächlich ein wenig so gefühlt, ausgeruht, braun gebrannt und muskulös.

Vielleicht meldete er sich ja noch. Aber wer denn eigentlich? Nikos, das Dünnbein? Angelos? Ja, Angelos … mit seinen Pfauen würde er rauschend angeflogen kommen, durch die Scheiben brechen und sie forttragen wie Dionysos einst die von Theseus auf der Insel Naxos sitzengelassene Ariadne. Marlena tat der Magen weh, sie stand auf und ging ins Badezimmer, um den Käsegeschmack aus ihrem Mund zu spülen. Im fahlen Neonlicht blickte ihr Spiegelbild ihr entgegen, blass, mit fettglänzendem Mund. War sie nicht auch begehrenswert wie die lachende, duftende Frau heute Morgen? Wie die Braut mit dem Blumenkranz aus Gold? Ja, doch … Nein, nein, schrie eine Stimme in ihr, du bist hässlich, fett, ungeschickt. Ein trockenes Schluchzen bahnte sich seinen Weg durch ihre Kehle, es klang wie ein Rülpsen. Und dennoch … Hatte nicht auch sie es verdient, dass ein Gott sie aus ihrer misslichen Lage, aus ihrem unglücklichen Dämmerschlaf rettete? Ihr Schluchzen wurde zum Krächzen, dann zu einem tiefen Jaulen.

Marlena ließ sich auf den Boden sinken und drückte ihre Stirn gegen die kühlen Kacheln. Aber morgen, wenn die Sonne wieder aufging, nicht wahr? Da würde alles anders, alles neu. Morgen … *kommt ein Bräutigam, größer als Ares … die Augen seiner Braut weicher noch als Honig* … Draußen zog die Tonspur der Nacht vorüber, Gläserklirren irgendwo, das Geräusch von Mopeds, Frauenlachen, grölende Jugendliche, Hundegebell. Sie hob ihren Kopf und ließ ihn mit einem Ruck zurück auf die Kacheln krachen, schmeckte Blut im Mund, das aus ihrer Nase lief. Ihrer verdammten Vogelnase. Plötzlich vibrierte das Handy auf dem Tisch. Schrill erklang der Klingelton, den Marlena nur besonderen Kontakten zuwies.

Krabbencocktail

Als ich meine Hausaufgabe einreichte, war das meiner Mutter sehr peinlich. Sie saß am Küchentisch mit der seidigen Tischdecke und hielt die Seite Papier in ihren manikürten Händen. Die Kunstlehrerin, Mrs. Reese, hatte uns Schülern aufgetragen, unser Zuhause zu zeichnen, so wie wir es vor uns sahen. Es sollte ein Grundriss werden, mit den wichtigsten Gegenständen und Möbeln in den einzelnen Rechtecken, die die Räume darstellten, und einem kleinen Parcours: Wie gelange ich von einer Seite des Hauses zur anderen? Ich hatte den Auftrag sehr ernst genommen. Wir lebten damals schon in dem großen, flachen und sehr weitläufigen Bungalow mit nur einem Stockwerk und einem Kellerraum darunter. Die Zeichnung war also relativ einfach, dennoch gelangen mir die Proportionen nicht. Zuerst malte ich das obere Stockwerk und die schlichte Möblierung darin, Betten, Stühle, Küchentisch. Dann zeichnete ich einen sehr großen Kasten gleich oberhalb des Wohnbereichs, obwohl der Keller, den ich damit darstellen wollte, natürlich darunter liegt. Dieser Kasten nahm wesentlich mehr Platz auf dem Papier ein als das Erdgeschoss. Ich hatte ihn mit Goldstift umkränzt und mit rotem Wachsstift schattiert, sodass es wirkte, als hätte ich ein Gemälde mit Inhalt zu füllen. Oben in die Ecke hatte ich ganz klein, wie auf einem an mich selbst gerichteten Merkzettel »Alkohol« geschrieben.

Unser Bungalow liegt nicht weit vom Lake Pontchartrain. Er ist zartrosa gestrichen. Auf der gegenüberliegenden Straßenseite steht das Haus des Produktionsleiters der Fabrik, ein Ziegelbau mit Gitterstäben vor den Fenstern der unteren Etage und einem überquellenden Aschenbecher neben dem Eingang. Unser Haus ist von einer Hecke umgeben, einer dicken, unaufgeregten Hecke. Vor dem Küchenfenster verlief früher eine kleine Mauer. Sie verlief ohne Grund, es musste nichts umzäunt oder abgegrenzt werden, höchstens die Kräuter unserer Haushälterin. An der Mauer, dort, wo der Mittagsschatten hinfiel, lehnte meine Mutter manchmal neben einem schlanken Mann und rauchte. Anders als in der Straße, in der sie aufgewachsen war, gab es um unser Haus herum bereits in meiner Kindheit kaum mehr Bäume von nennenswerter Größe, bloß blässlichen Rasen. Die alten Virginiaeichen und Sumpfkiefern, die hier gestanden haben mussten, als La Salle 1682 den Mississippi herunterkam, waren Asphalt gewichen. Es gab keine tief wachsenden Wurzeln mehr, die den kargen, säuerlich riechenden Boden hätten halten können. Die Erde begann schon damals, unmerklich davonzubröseln, in Grundwassertiefe dem Ozean entgegenzurutschen; in einer nicht allzu fernen Zukunft wird es hier keine ausgebleichten Häuser und Gärten mehr geben, sondern Wasser, Sumpf und Alligatoren. Seit ich denken kann, glänzt die schwarze Asphaltstraße so feucht, als sei sie gerade erst gegossen worden, die Gartenzäune ragen schroff und voller Splitter aus dem dünnen Gras. In der Nachbarschaft wohnten früher ehrgeizige junge Familien, die nicht aus New Orleans gekommen waren wie wir, sondern aus den Kleinstädten im nördlichen Teil Louisianas. Gerne hätten wir Kinder Opossums oder Gürteltiere gefangen, aber wir fanden keine, nur selten entdeckten wir einen Waschbär oder ein Stinktier. Aber es gab Schlangen, genau genommen war die Gegend um unser Haus herum von Schlangen verpestet, manche giftig, manche nicht. Sie lagen tagsüber auf Steinen oder der Straße, lauerten unter Büschen in ihren Nestern. Wenn es besonders heiß war, stank die ganze Straße nach Schlangen und der Geruch, der dem von Krabbendärmen gleicht, wehte durch unsere Fenster herein.

An diesen feuchten Tagen blieb die Sonne besonders lange über unserem kaugummifarbenen Haus stehen und drinnen bekam meine Mutter oft Migräne. Sie legte sich auf die Chaiselongue und erwartete meinen Vater, der im Keller war. Mein Vater ging am frühen Morgen hinunter und am frühen Abend, wenn er nach Hause kam, noch einmal. Anders als am Morgen war sein Gesicht dann ganz klein vor Müdigkeit, das gelbe, harte Licht im Esszimmer ließ ihn sandig und abwesend wirken. Meine Mutter bekam also öfter Kopfschmerzen und wie immer ging es in unserer Familie um das, was im Keller war, und einen Moment lang auch um meine ausladend barock anmutende Zeichnung.

»Oje, der Raum da«, lachte Mutter und klang angespannt.

»Warum ist das so komisch, Mama?«

»Es geht nur um die Lage und Bezeichnung des Kellers, Liebling. Sie werden denken … ach, nichts, mein Schatz.«

In den Keller hinunter führt eine enge, knarzende Treppe, deren oberste Stufen im Dunklen liegen. Der Weg kam mir als Kind sehr lang vor, viel zu lang, als würde in einer Zirkusmanege ein Pudel durch immer neue Reifen springen, einer, noch einer, dann kommen die Jongleure. Dort unten lagerte Vater seinen Weinbestand und die anderen Alkoholika. Wodka in kühlen, glatten Flaschen mit roten Etiketten, Gin in runden Flaschen, die den Arzneiflaschen in der Apotheke glichen, Campari, der nach Sommer aussah. Die Weine trugen Namen wie Margaux, Musigny oder Richebourg, die mir magisch vorkamen. Sie klangen nach alten Ländern und Wäldern und unbestellten Feldern mit Reitern darauf. Dann gab es noch die Namen der Cocktails, Mint Julep, Manhattan, Pisco Sour, und die klangen nach Vaters Heimatstadt, nach Männern mit kurzen Haarschnitten, nach Straßen, die im Gegensatz zu denen von New Orleans niemals schlafen, die nach Fusel, Fett und Abgasen riechen, nach Druckerschwärze und etwas Parfum.

Auch das Wort »Alkohol« klang magisch für mich, vor allem wenn ich wusste, dass Vater sich unten einen Drink mischte oder den Abend mit Geschäftspartnern in den dunkelroten Ledersesseln verbrachte. Manchmal wehten ihre Stimmen zu Mutter und mir herauf. Wir durften nämlich kaum je hinunter, ich schon mal gar nicht, nur mein Vater und die Männer, die zu Besprechungen kamen, tranken unten. Meist sprachen sie über die Fabrik. Im Keller stand eine Bar aus glänzendem Holz und Stahl, Vater hatte sie nach Maß anfertigen lassen. Es gab alte, angelaufene Gemälde an der Wand und einen dicken jagdgrünen Teppich, der jedes Geräusch schluckte außer das Klirren der Cocktailstäbchen am Rand der Tumbler und das dumpfe Ploppen der Champagnerkorken. Drinnen im Haus drehte sich alles um meinen Vater, um die Getränke, die er sich holen ging oder die er unten trank, später, als ich älter war, um die Weinflaschen und Cocktails, die ich ihm und den Gästen meiner Eltern von dort ins Esszimmer brachte. Draußen – in der Schule, auf dem Schulweg – war es hingegen, als existierte mein Vater nicht. Mit meinen Schulkameraden fühlte es sich an, als sei ich der Junge ohne Dad, wahrscheinlich weil die Menschen in meiner Umgebung immer nur mich und meine Mutter zu Gesicht bekamen.

Wir gingen zu zweit einkaufen oder ich spielte im

Garten, alleine, manchmal mit der Nanny, während Mutter auf der Veranda saß und ihre Kolumne für eine örtliche Frauenzeitschrift schrieb. Sie trug meist feine Sommerkleider, die sich bauschten wie Watte und rochen wie Watte. Vater saß nie dabei, denn mein Vater, Adam Shapiro, war der Besitzer einer Shrimpsfabrik, der größten in Louisiana. Niemand machte sich die Mühe, mir zu erklären, wie es sein konnte, dass ein gläubiger Jude, der koscher leben sollte, Krustentiere verkaufte. Wenn Ads Mutter, meine Großmutter, die wir Safta nannten, mit meinem Vater telefonierte, dann tat sie so, als sei ihr Sohn immer noch der Anwalt in Midtown, der er einst gewesen war. Ein Mann, der in edlen dunklen Anzügen schlank wie eine Schatulle durch die Straßen eilt, und kein rotgesichtiger Fabrikbesitzer mit Bauch und beiger Leinenkleidung. Ihren kleinen Crabcake nannte sie ihn am Ende jedes Gesprächs und Vater legte wütend auf. Für mich war Safta ein geheimnisvolles Wesen mit glänzender Perücke und weißer Haut, das zusammen mit Saba und ihrem Diener in einem schwarzweiß gefliesten New Yorker Penthouse lebte und zum Essen vom obersten zwanzigsten in den Club im neunzehnten Stock hinunterfuhr. Die Stadt unter ihnen hatten die beiden seit zehn Jahren nicht mehr betreten.

Während Vaters Weine und Cocktails einen Ton von Abenteuer und düster verwunschenen Welten aufwiesen, hatte »Ad's Shrimp Company« die fahle Farbe durchgeleierter Sessel. Rote Lastwagen mit Kühlboxen voller weißer und brauner Louisiana Shrimps und Säcken voller getrockneter Garnelen und Krabbenpulver für Brühe wurden von Schwarzen Fahrern mit einem großem Lächeln jeden Morgen zu den Restaurants von New Orleans gefahren, zum Bubba Gump oder Blue Chip Oyster, aber auch zu den edleren, in die am Abend Männer in Tuxedos Frauen in glänzenden Kleidern führten. Wenn ein Mann, meistens ein Tourist, keinen Tuxedo hatte, musste er vorne an der Rezeption ein Sakko leihen.

Ad's Shrimp Company war damals nur unwesentlich größer als andere erfolgreiche Unternehmen in Louisiana, aber für Vater war es ein Imperium, zumindest führte er sich so auf. Das Kühl- und Produktionshaus für die Krustentiere lag direkt am Ufer des Lake Pontchartrain, umgeben von Sumpfzypressen und Tupelobäumen. Die kurze Strecke von unserem Haus dorthin fuhr Vater jeden Tag in seinem Cabriolet, wobei er den Arm aus dem Fenster baumeln ließ. Er war glücklich, so glücklich es eben ging. Er hatte die schönste Frau der Welt, die er an einem Morgen in New Orleans dort, wo die St. Ann Street die Chartres Street kreuzt und langsam in den Jackson Square übergeht, zum ersten Mal erblickt hatte. Es war Markt, es war heiß, die dicke Projektemappe unter Ads Arm war schweißnass und all die Papiere, Baupläne und Kostenvoranschläge für das große Shrimpsprojekt, das er dem Bürgermeister vorschlagen wollte, drohten ihm zu entgleiten. Sein Atem ging schwer, seine Haut war sehr hell, stadthell, fahl wie eine Sardine, und ohne einen bestimmten Anlass begann Ad, einer jungen Frau in einem weißen Kleid zu folgen, bis diese vor einem stattlichen Haus in der St. Ann Street stehen blieb und durch das Tor in den Garten schlüpfte. Das Haus gehörte, das fand Ad sehr schnell heraus, Philippe de Bienville, dem Nachkommen einer Pflanzerdynastie und Witwer mit vielen Töchtern, die in den Sommermonaten die Stadt bevölkerten, die Cafés, die Kinos, die Restaurants, die Oper und das Theater, und sich gerne von Schwarzen Kellnern bedienen ließen, die sie mit Hass im Blick anschauten. Die junge Frau war also eine Bienville und sie hieß, auch das war leicht herauszufinden, Annegloire.

Schon länger beäugte die neugierige Bevölkerung des French Quarter Ad, weil er zu New Yorker und nicht zu Südstaatenzeiten geschäftig die Gehwege hinunterhetzte, immer schwitzend und viel zu dick gekleidet, noch keine Abkürzungen kannte, seine Papiere ständig verlor und Jambalaya auf sein Jackett kleckerte. Und Ad beäugte von nun an Annegloire, die meine Mutter werden sollte. Bevor er zum Bürgermeister, zum Bauamt, zum Notar ging, sah er zu, wie sie im weißen Kleid im Garten hinter Magnolien und Rosen verschwand. Vernahm von ihr nur noch das leise Klicken des Gartentors, das in ihm widerhallte wie ein Lächeln und ihn in einen ungewohnten Zustand der Ruhe versetzte.

Jeden Morgen und jeden Nachmittag schlenderte Ad an dem Haus in der St. Ann Street vorbei, rauchte dabei Zigaretten, die er sonst nie rauchte, und las, um seinen Schritt verlangsamen zu können, in einer sehr klein gefalteten Zeitung. Wie wunderschön Annegloire war, die ihm zwischen den Hecken entgegenleuchtete wie das Rosettenfenster einer Kathedrale. Was würde seine Mutter wohl sagen, wenn sie erführe, dass ihr Sohn, den sie für die runde und einfältige Shira Baruch von der Upper East Side vorgesehen hatte, Tag für Tag einer katholischen Kreolin folgte? Aber das Haus der Bienvilles glänzte nur so vor Respektabilität, und wenn Nachbarn dem Herrn im schwarzen Anzug, der Ad damals noch war, erzählten, dass hinter den schweren Vorhängen oft gestritten wurde, dass die sanft hinter Annegloire zufallenden Türen häufig knallten und unter den Bananenbaumblättern im Garten manchmal Weinen zu hören war, war er entzückt über so viel Temperament.

Am Morgen war es Annegloire, die den Lieferanten die Tür öffnete. Diesen Moment passte Ad immer ganz genau ab. Wenn sie über die Gartenstauden hinweg »ach, ich sagte doch Forelle und keinen Lachs« ranzte, schlug das Herz meines zukünftigen Vaters höher. Er stellte sich vor, wie Annegloire dabei eine Augenbraue nach oben zog wie Scarlett O'Hara. Oh, sie war seine Mufaletta oder wie diese vermaledeiten Gebäcklappen hier hießen, seine Vodoomeisterin, seine Palmengerte.

Und eines Tages, es war besonders heiß und Ads Gesicht besonders rot, musste es einfach sein. Vielleicht, weil der Postbote das für den Vater bestimmte Feiertagspaket vergessen und sie besonders laut geschimpft hatte, vielleicht, weil in Ad endlich, nach all den Wochen der Plagerei für die Fabrik und des Herumlungerns vor dem Bienville-Haus, die konzentrierte Ruhe des Eroberers Gestalt angenommen und er all seine Kräfte auf das eine kristallene Ziel hin ausgerichtet hatte: die Kreolin zur Frau zu nehmen und mit ihr den ganzen Flitter um sie herum, ihren Augenaufschlag, ihren Süden, ihre langsame Augustschwere, und seinen Norden, seine Novemberhektik, das Gerumpel der U-Bahn, überhaupt das ganze Drecksloch New York, das er, Gott bewahre, nie wiedersehen wollte, für immer hinter sich zu lassen.

Und so geschah es an diesem Morgen auf der St. Ann Street. Durch die Bananenblätter, die Agavenstängel und die moosbehangenen Zypressen, durch die ganze dicke, fransige Lousianavegetation hindurch, die im Garten der Bienvilles Bodenfliesen aufplatzen ließ, über den Zaun hinauswucherte und auf dem Gehweg den Asphalt aufbrach, erblickte Annegloire den Mann, den sie ohnehin seit Wochen mehrmals am Tag aus den Augenwinkeln beobachtet hatte, ohne es sich anmerken zu lassen. Er war diesmal sehr lange stehen geblieben und pustete mit gerunzelter Stirn Rauch dorthin, wo der Postbote stand.

Was hätte sie ihm entgegensetzen sollen, diesem Blick, mit dem er langsam auf sie zuging, den Postboten, der emsig in seinem Beutel nach der richtigen feiertäglichen Post wühlte, außer Acht lassend, um ihr dann lässig, wie nur ein New Yorker, der die Hast der Wall Street gewöhnt ist, es sein kann, die Frage aller Fragen zu stellen, die Frage, die in den langen Jahren ihrer Ehe in ihr nachhallen sollte, wenn sie in unserem verdunkelten Bungalow im Wohnzimmer auf Ad wartete und der einzige Farbtupfer in ihrer Umgebung meine bunten Legobausteine waren? »Mademoiselle«, begann Ad und es klang eher wie »Medmusel«, »würden Sie in Erwägung ziehen, mich mit der Suche nach Ihrem Paket zu beauftragen?«

Und als Annegloire dann nur huldvoll die Augenbrauen hochzog und sachte nickte, als habe sie die vergangenen Wochen allein auf diese Frage gewartet, war Ads Weg vom Gartenzaun zum nächsten Postamt, von dort zum Verteilerzentrum am Flussufer, weiter zur Hauptverwaltung, wo er Beschwerde gegen den nachlässigen Postboten einlegte, und anschließend wieder zurück zum Haus der Bienvilles, mit dem Paket unter dem Arm, versteht sich, der kürzeste, den er je gelaufen war. Bis heute erscheint es ihm so, wenn er einsam unten in seiner Bar sitzt wie in der Gebärmutter der Frau, die ihn verstoßen hat.

Wieder und wieder haben sowohl Vater als auch Mutter mir diese Geschichte erzählt, mit geringfügigen

Abweichungen und unterschiedlichen Schwerpunkten, aber im Wesentlichen waren sie sich einig darüber, wie alles gekommen war. Doch Geschichten können bröckeln und eine Geschichte ersetzt die andere. Wann begannen die Dinge für meine Eltern anders zu werden, die Blumen zu welken, die Rüschen zu verblassen? Sicherlich bereits mit dem Umzug von der schattigen Bienville-Villa in den blassen Shrimpbungalow. Sicherlich auch mit Ads Erfolg, der ihn müde werden ließ und dick. Er machte meiner schönen Mutter nur noch selten Geschenke, dafür aber sehr teure, Schmuck, ein weißes Coupé, das er an einem Augusttag laut hupend vorfuhr. Mit Glück in den Augen stieg er aus, rief »Annegloire, Schnecke!«, und Annegloire kam nicht. Sie kam nicht, weil sie hinter dem Haus im Garten an die kleine Mauer gelehnt mit George flirtete. George, der dünne Gärtner mit dem Narbengesicht. Sie hatte ihn schon lange beobachtet, schräg aus den Augenwinkeln, wie damals Ad über die Agavenblätter in ihrem schönen alten Garten hinweg, den sie so vermisste, dass es ihr morgens beim Aufwachen immer ein bisschen die Luft aus den Lungen nahm. Ich wusste, dass meine Mutter ein Auge auf den Gärtner geworfen hatte, weil sie es mir gesagt hatte, nachdem sie eine Flasche Chianti aus dem Keller genommen und sie ausgetrunken hatte, ohne Ad zu fragen. Wahrscheinlich aber brach alles entzwei, weil nichts Ads Gesicht so zum Strahlen brachte wie die Kellerbar mit den im Halbdunkel schimmernden Flaschen, über die er am liebsten sprach, die er im Geiste und dort unten in seiner fleischigen Hand drehte und wendete, die er betrachtete, bis seine Augen feucht wurden.

Beim Abendessen redeten meine Eltern stets leise und verhalten miteinander. Meine Mutter trug am Abend immer besonders hübsche Kleider, sie hatte ja den ganzen Tag auf Ads Heimkehr gewartet, und ihr langer Hals und die schaukelnden Ohrringe neigten sich sanft, wenn sie die Gabel zum Mund führte. Um das Alkoholproblem ging es in diesen Gesprächen nur indirekt, um mich zu schonen, es klang, als würden zwei Walfische über den Tisch hinweg Gesänge austauschen oder zwei Bäume sich knarzend einander zuneigen, und ich starrte meine Eltern verständnislos an.

Manchmal kaufte meine Mutter lebende Hummer bei einem der Fischhändler, die von Ad's Shrimp Company beliefert wurden, fuhr mit flatterndem Haar im weißen Coupé hinunter zum Meer und setzte sie darin aus. Meinem Vater erzählte sie nie davon. Im Sommer fuhr sie morgens zum Schwimmen. Als ich noch klein war und gerade erst gelernt hatte, mich über Wasser zu halten, ging ich mit. Mutter hatte zwei sehr alte Verehrer im Schwimmbad. Sie waren achtzig und einundachtzig Jahre alt, Mike und Nick, kannten Mutter seit ihrem ersten Sommer am Lake Pontchartrain und hatten dicke Bäuche. Mike hatte außerdem eine sehr große, pockennarbige Nase, Nick schwarz gefärbte Haare, die ihm auflagen wie ein Vespahelm, weil seine Vorfahren aus Bari kamen. Beide lachten sehr laut, schwammen als große Ballons an uns vorbei und sagten zu mir, ich hätte aber eine besonders schöne Mutter, und ich lächelte verwirrt.

Als ich elf Jahre alt war, sagte mein Vater eines Abends: »Komm, nun kannst du mit hinunterkommen und mir helfen, eine Flasche auszusuchen.« Er war besonders elegant gekleidet, beige Hosen, ein rot-weiß kariertes Hemd und braune glänzende Halbschuhe. Ein Geschäftsfreund war gekommen und wartete im Wohnzimmer, von Mutter war nichts zu sehen. Ich ging voran, Ad wollte es so. Die Treppe war eng und knarzte, es gab kein Geländer und ich stützte mich an der rauen Betonwand ab. »So, nun?«, fragte Vater, als wir unten standen. »Siehst du was?« Ich zögerte. Um mich herum war nichts, die Treppe führte ins Nichts, sie endete in einer kleinen quadratischen Fläche und vor einem Regal mit Platten, Kassetten, CDs. Auf dünnen Metallflächen, die sorgfältig in die Wand hineingebaut waren, standen Vaters Lieblingsmusik und seine Lieblingsfilme. Viel von ABBA, alles von Gene Clark, *Knight Rider*, eine Sammlung Spaghettiwestern und Film Noir. Es waren Filme und Songs, aus denen er mir seit je zitierte, beizeiten ganze Szenen erläuterte oder Paragrafen auswendig vortrug, je nachdem wie seine Laune war, ob er gerade Lust hatte, etwas zum Besten zu geben, oder ob er wütend war, weil ich etwas angestellt hatte, und wollte, dass ich eine Lehre aus dem Gesagten zog. Dazu platzierte er mich vor sich auf dem grünen, kratzigen und sehr weichen Wohnzimmersessel, der aus den Bienville'schen Beständen meiner Mutter stammte, und ich musste ganz gerade sitzen, obwohl die Polster mich fast verschluckten. Er rezitierte etwas, meist eine für mich willkürlich anmutende Stelle aus »Strength of Strings« von Gene Clark. Einmal allerdings sagte er Shelleys Gedicht »Ozymandias« auf, dessen Verse für mich wundersam und ausgehöhlt klangen wie alte Vasen.

Ein Wanderer aus einem alten Land berichtet:
Zwei Beine, riesig, ohne Rumpf, aus Stein
Stehen in der Wüste, halbvernichtet,
Und nah dabei, im Sand, sinkt ein Antlitz ein.
Der Mund voll Hohn, kalt der Blick gerichtet
So hat der Bildner gut im toten Stein erfasst
die Zügellosigkeiten und ein Herz, das prasst ...

Erst heute verstehe ich, was ihm Shelleys Worte bedeuteten, heute, da Mutter weg ist und Ad nur noch in der Bar lebt und immer dieselben Hosen trägt, die einst festlich glänzten wie zart in Butter gebratenes Heilbuttfilet und nun zerknittert sind und ausgebeult.

Wir standen also vor dem Regal voller Musik und Filme und Vater sagte noch mal so was wie: »Na, was siehst du?«, doch ich sah nichts. Mit einem grummeligen Lachen trat er sachte gegen die untere Kante des

Regals, das lautlos in den prachtvollsten Raum hinein aufschwang, den ich je gesehen hatte. Er glich dem Haus der Bienvilles, zumindest meiner Vorstellung davon, denn ich kannte es nur aus Mutters traurigen Erzählungen. Es gab roten Plüsch, alte, glatte Ledersessel standen im Kreis unter einem Kronleuchter, der so tief hing, dass er die Schläfen streifte, wenn man sich in einen der Sessel fallen ließ. Flaschen reihten sich aneinander in beleuchteten Vitrinen, lagerten übereinander in Regalen. Die Bar war bestückt mit Gläsern, verschiedenen Shakern und Eiskübeln, grellen Cocktailkirschen in Einmachgläsern. Für mich war es der Abstieg in eine Krypta, darin nur das Gold von Flaschenetiketten und in einer blutigen Nische der Untergrundaltar des tiefen Kummers meines Vaters. Weit weg von der Welt, die bisher die meiner Mutter und meine eigene gewesen war, durfte ich unter Ads leisen Anweisungen – seine Stimme war nicht dröhnend wie sonst, sondern hatte etwas Zeremonielles, als sei er der Priester, ich der Messdiener – einen Whiskey Sour mixen und dann noch einen für mich. Gemeinsam stießen wir an; Vaters Geschäftspartner oben im Wohnzimmer hatten wir vergessen. Ich war elf, es war mein erster Drink und Tausende und Abertausende sollten folgen.

Von diesem Tag an schickte mein Vater mich fast täglich hinunter und gleich mehrmals hintereinander, wenn es um wirklich wichtige Drinks ging, die für wirklich wichtigen Besuch bestimmt waren. Ich mixte im plüschroten Halbdunkel Manhattans und Long Island Ice Teas. Ich spielte Zauberer und Papst zugleich, wenn ich die klaren und bernsteinfarbenen Flüssigkeiten verrührte, meinem Atem und dem leisen Klong des Rührstabes am Glasrand lauschte. Machte ich Drinks für andere, mixte ich mir auch einen. Oder ich brach eine Flasche Wein an, die ich im Laufe der kommenden Tage leerte. Oft saß ich betrunken, mit schweren Lidern beim Abendessen; meine Eltern sprachen über dies und das. Beim Essen und angeheitert verstanden sie sich bis zuletzt gut. Sie gingen früh zu Bett, ich blieb wach. Es machte mir Spaß, alleine wach zu sein. Ich kletterte auf die Sofas, was ich sonst nicht durfte, und zerrte die Kissen von den Polstern, baute mir ein Jules-Verne-Floß und segelte damit ans Ende der Welt oder ich holte Vaters Jacketts aus dem Wandschrank und zog sie eines nach dem anderen an. Ad war sehr eigen mit seinen Jacketts. Auch wenn er nicht alle trug, die Mutter ihm kaufte, achtete ich darauf, dass ich sie immer so zurückhängte, wie ich sie vorgefunden hatte. Manchmal nahm ich eine von Mutters Flinten, die sie von ihrem Vater geerbt hatte und die nie geladen waren. Ich legte mich damit auf die auch nachts sonnenwarmen Fliesen unserer Terrasse und zielte in die Nacht hinein oder bewegte den Lauf über den dunklen Himmel und verfolgte Glühwürmchen. In der Schule war ich oft müde, nichts interessierte mich, ich hatte Kopfschmerzen von den Getränken, die ich in der Nacht davor zu mir genommen hatte. Die Lehrerin nahm meine Hausaufgabe mit einem Stirnrunzeln zur Kenntnis, aber ich denke nicht, dass sie die richtigen Schlüsse zog.

Nichts sonst hat überlebt als das, heißt es bei Shelley. *Rings um das Riesenwrack endlos, kahl / dehnt sich die Wüste ohne Maß*. Ad ist nun allein. Der Koloss, der er sein wollte, ist erodiert, sein Leben mit Mutter auch, es zerrieselte, bis nichts mehr da war und sie in das Haus mit den vielen Pflanzen im Garten zurückkehrte. Ad fuhr an diesem Morgen wie immer vergnügt und traurig zugleich zur Arbeit. Zum Abschied gab er ihr einen ungelenken Kuss auf die Wange. Wie immer wollte er ihren Mund treffen, aber sie drehte wie immer den Kopf weg und hielt ihm die Wange hin. Abends, als Ad wiederkam, war Mutter weg und ich war noch da. Nein, eigentlich war auch ich nicht mehr da im Sinne einer Anwesenheit, ich war auf dem College an der Ostküste und lebte bei meinen Großeltern, die mich Bubkes nannten, in der Wohnung mit den schwarz-weiß karierten Fliesen.

Ich habe die Shrimpsfabrik übernommen und auch ich bin allein. Ich brauche niemanden. Noch immer lebe ich in unserem rosafarbenen Haus und setze mich jeden Abend zu Ad in die Kellerbar. Es ist dann ein bisschen so, als kehrte ich wirklich heim. Und das tue ich auch. Wir trinken zusammen, ich trinke mehr als Vater, der alt und müde geworden ist. Meist verlangt er nur nach etwas Weißwein. Ich erledige den Rest. Ich trinke mehr, als Vater jemals zu trinken vermochte, ich nehme mir erst einen Longdrink vor oder einen Cocktail; ich kann sie alle blind mischen, immer noch. Es folgt Chardonnay, dann ein Roter. »Es reicht nun«, sagt Ad irgendwann, »ich geh ins Bett.« Die Regale der Bar sind leerer geworden, Vaters Bestände fast aufgebraucht. Die ehrgeizigen Kinder der Nachbarn sind ausgezogen und der Rasen ist dünn. Immer noch riecht es nach Schlangen.

Ein Mann kehrt den Rücken

E-Mail an D., August 2019, Upstate New York
lieber, vorhin fragte die kleine nach dir und schon heute früh hat sie plötzlich begonnen, von dir zu sprechen (weißt du noch mama, in england war regen und wir waren ganz nass. wo ist d?). als würde sie etwas ahnen, es ist so seltsam mit ihr manchmal. heute hatte sie einen furchtbaren ersten schultag und weinte viel, jetzt gerade beginnt sie einzuschlafen. draußen sind die zikaden sehr laut und ich bin so müde und muss noch schreiben.

aber deswegen schreibe ich garnicht. vielleicht habe ich garkeinen besonderen schreibgrund, merke ich gerade, außer dass ich mir vorstelle, ich würde mit dir plaudern, vielleicht bis du schon dabei, einzuschlafen und deine augen fallen zu und ich sitze noch neben dir im bett und trinke den üblichen wein und steigere mich in irgendeine stimmung hinein, du schiebst das kissen unter deinem kopf weg und ich weiß, du schläfst gleich.

meine tage hier sind wie die tage der letzten 2 jahre, nur stiller. ich schreibe, ich gehe zu wholefoods. mir fehlen die menschen und die geschäfte und die hysterie der stadt. immer haben menschen irgendwo gebrüllt und mit sich selbst geredet, nun ist es, als hörte ich mein inneres zu laut und aufdringlich tosen. nebenan wohnen eine dicke arme frau und ihr mann, ihr haus ist schäbig und sieht zusammengezimmert aus. als ich vorgestern mit dem wagen um die ecke bog, ist er auf die straße und auf mich zugelaufen und hat mich herangewinkt. er hatte diese strähnigen langen haare und trug ein ausgebeultes t-shirt und ich dachte, er erschießt mich jetzt, und habe ihn hysterisch angelächelt. er sagte: i saw you had a little girl, we have an old swing, would you like to have it? ich habe mich so geschämt wie schon sehr lange nicht mehr.

ich versuche, das hier als schreib-urlaubsort zu sehen, eine art intermezzo, bis ich zu dir komme. es gibt frösche nachts, die höre ich beim einschlafen. die matratze ist halbwegs bequem, und ich habe mein zimmer um mich herum mit dem schönen fenster und dem blick auf den garten.

ich denke viel an unseren nicht-urlaub und die orte, an denen wir vorbeifuhren. wie herrlich das war, einfach nur immer neben dir zu sein. ich habe mich so ruhig und froh gefühlt, du warst immer in der nähe oder ganz da und ich erinnere mich so gut an den furchtbaren kaffee an der tankstelle bei nieselregen und an regensburg in der nacht und die schlaffen blumen vor dem alten hotel, in dem nur noch wenige leute saßen – weißt du noch, gleich gegenüber vom dom –, sie saßen ganz still und müde dort herum, denn der tag war ja schon zu ende, aber die tapeten und wände haben so geglänzt. und als wir diese ganzen kuchen gekauft und in die aldi-kühltüte gesteckt haben im allgäu und bei – ich habe leider ihren namen grade vergessen – holundersekt getrunken haben und die tochter, die so viel sport macht, war so laut die ganze zeit und der vater kam später. an der tür hat er sehr lange mit einem bekannten geredet und alle waren nervös, der bekannte könnte hereinkommen oder der vater zu lange draußen reden. das haus war sandfarben und unsre urlaubswohnung auch. ich denke an oberschlierbach, als du im sommerregen im wagen saßest und auf der hinterbank lag eine zeitung. ich habe mir vorgestellt, wie du kurz darin gelesen hast, dich aber nicht konzentrieren konntest, sie dann über deine schulter davongepfeffert hast. es gibt so viel mehr. es gibt bacharach, wo ich nur geweint habe, das wetter aber endlich gut wurde. vielleicht muss ich jetzt aufhören, ich habe nur diese angst, alles zu vergessen von diesen tagen.

die kleine schläft nun und ich tippe im dunkeln und du fehlst so. ich glaube, keinen satz habe ich in meinem leben öfter gedacht, gefühlt und geschrieben.

g.

E-Mail an D., später im August 2019

o nein, möchtest du doch nicht mehr? ich wache grade mit tränen auf und mit dem wissen, dass da nichts ist für uns am horizont, dass ich dich sehen möchte und es geht nicht, all das. großmutter, freundin etc. rufen an

und ich geh nicht ran. es ist oft so, als könnte ich nicht richtig am leben teilnehmen.
draußen ist sonne.
du fehlst so.

E-Mail an D., Ende August 2019, Besuch in Kalifornien
ein feiner, warmer barbecue-abend, dazu stadtgeräusche und helikopterbrummen, blütengeruch. ich merke, dass ich nirgends auf der welt so viele freunde und schönste orte habe und kenne wie in südkalifornien. eines tages möchte ich dir alles zeigen, es ist die schönste gegend der welt. ein wunder.

E-Mail an D., September 2019, Upstate New York
glaubst du, das zunehmende schweigen zwischen uns, dein schweigen, ist vollkommener als es fragen oder erzählungen aus unserem leben wären? als würde das geheimnis mehr erklären als worte.

E-Mail an D., September 2019, Upstate New York
in dein schweigen hinein ein paar zeilen von kafka, mindestens ebenso unsicher:

»Meine eigentliche Furcht – es kann wohl nichts Schlimmeres gesagt und angehört werden – ist die, daß ich Dich niemals werde besitzen können. Daß ich im günstigsten Falle darauf beschränkt bleiben werde, wie ein besinnungslos treuer Hund Deine zerstreut mir überlassene Hand zu küssen, was kein Liebeszeichen

sein wird, sondern nur ein Zeichen der Verzweiflung des zur Stummheit und ewigen Entfernung verurteilten Tieres. Daß ich neben Dir sitzen werde und, wie es schon geschehen ist, das Atmen und Leben Deines Leibes an meiner Seite fühlen werde und im Grunde entfernter von Dir sein werde als jetzt in meinem Zimmer. Daß ich nie imstande sein werde, Deinen Blick zu lenken, und daß er für mich wirklich verloren sein wird, wenn Du aus dem Fenster schaust oder das Gesicht in die Hände legst. Daß ich mit Dir Hand in Hand scheinbar verbunden an der ganzen Welt vorüberfahre und daß nichts davon wahr ist. Kurz, daß ich für immer von Dir ausgeschlossen bleibe, ob Du Dich auch so tief zu mir herunterbeugst, daß es Dich in Gefahr bringt.«
g.

E-Mail an D., April 2020, New York City
bist du nicht ein einziges mal geneigt, normal zu kommunizieren? es nervt so. ich versuche zu retten und zu kitten und zu besprechen, du: nix.

nun blockierst du mich auf deinem iphone? weißt du was? ich komme nicht nach europa, es ist aus zwischen uns, für immer. ich ertrage deine gemeine, rohe tierquälerart nicht.

E-Mail an D., Ende Mai 2020, Upstate New York
als ich deine antwort-mail las, war ich so unbeschreiblich glücklich. das hier wollte ich zurückschreiben:

»nun habe ich diesen satz von dir 30-mal gelesen, als wär er eines von kafkas rätseln, laut und leise, wörter umgestellt, synonyme gesucht, die syntax umgeschachtelt – und nein, das hier ist nicht zweideutig, es IST so! du willst mich! dann habe ich gewartet, wie sich das anfühlt, und ich hatte recht, der ganze zorn der letzten monate ist fort, ich bin so tief glücklich wie früher. ich kann es kaum glauben, es ist wie atmen.

ich halte mein versprechen an dich: kein zehrendes metagezanke mehr, kein hin und her, es ist alles gut, in der bisherigen form, so wie es eben ist, unverbindlich, leicht, ganz im jetzt und ohne das besprechen einer wie auch immer möglichen zukunft.

und: eine aus wut zugesagte einladung nach cap ferrat (aus paris) habe ich gerade abgesagt. ich küsse dich überall, sage dir alles schöne.«

doch nun merke ich, dass ich dir wieder aufgesessen bin. deine nachricht ist nicht ambivalent, der kontext hingegen schon. warum nicht einfach sagen, nein ich habe keine andere? stattdessen dieses komplizierte, raffinierte umgehen meiner frage. ich bin kein dummkopf. die e-mail-adresse, die du angeblich nur für mich angelegt hast, sagt nichts über andere kommunikationsmittel aus, andere kontaktformen oder e-mail-adressen für andere frauen, one-night-stands, call-girls, weiß der teufel.

wir haben viel zusammen durchgestanden, es so lange geschafft. es ist schade, ein trauriger albtraum für mich, du machst mich unglücklich. es geht nicht darum, dass ich bürokratisch-bourgeoise maßstäbe an dich oder uns lege, wie du behauptet hast. lügengeflecht bleibt lügengeflecht. nicht alles, was dir nicht in den kram passt, ist gezänk. derjenige, der am meisten schimpft, hat nicht notwendigerweise am meisten unrecht. nun habe ich die einladung nach cap ferrat wieder zugesagt, ab montag werde ich in deiner nähe sein, die reinste ironie.

E-Mail an D., Juni 2020, Paris
(die länge tut mir leid)
siehst du denn nicht, dass deine »ehrlichkeit« kombiniert mit deinen vagen aussagen alles, was wir haben, beschwert und kaputt macht, eben weil diese art mich so hysterisiert? deiner antwort entnehme ich, dass ich recht habe mit meiner »gewissheit«, ich kann es nicht anders lesen, kann nicht mit »ja, ich will so weitermachen« antworten.

natürlich, es war immer alles gut und schön und dann kam die düsterkeit. doch nicht ich habe das schöne weggenommen, ich habe – verzeih dieses minutiöse, das nun kommt – mich ernst und tief auf uns eingelassen, reisen geplant und durchgeführt, dir realistische orte und situationen vorgeschlagen, an und in denen wir uns sehen könnten (deinen »schönste-orte-plan« ernst genommen), dich gefragt, wie es dir geht, mich für deine arbeit interessiert, selbst für dein auto, dein lieblingsessen.

hast du irgendetwas davon je getan außer in den 4 wochen im sommer? damals sagtest du: ich möchte dich hier bei mir haben. als ich im winter darauf skeptisch wurde wegen der distanz zwischen uns, sagtest du mir ähnliches. ich habe dir schülerinnenhaft, groupiehaft bewundernd alles geglaubt, was du sagtest, und wirklich ernst genommen, was du mir an zuneigung suggeriert hast.

du hast mir gesagt, dass du mich liebst – warum sollte ich das nicht freudig glauben, warum sollte ich nur eine affäre von vielen sein? why? es war mir immer klar, dass wir nie mehr sein würden als ein verhältnis. aber darf man nicht auch dann exklusiv begehrt werden wollen? denn genau darum geht es, zumindest für mich, bei einer liebesaffäre, darum, sich auf das besondere, einzigartige in jemandem zu konzentrieren, um ein von diesem besonderen absorbiertes begehren. ich kann und werde dich nicht teilen wollen.

du denkst, meine düsterkeit hat alles zerstört – du weißt genau, wann und warum das ganze »hin und her« begonnen hat. ich bin nicht düster, es ist alles gute da, ich bin hell – doch du bist gegangen, und zwar immer ein stück weiter, und endgültig weg warst du ab februar, nach deiner flucht an dem montag aus dem café, der angeblichen magenbeschwerde am dienstag und schließlich der absage für meinen besuch. dann das telefonat neulich.

du sagst, wenn du mir leid bringst, dann soll ich dich vergessen. so einfach ist das leider nicht. es kostet kraft, genauso wie es kraft kostet, jemandem, der sich abwendet, die worte »ich liebe dich« zu sagen/schreiben. es kostet kraft, bald nach europa zu fahren. das schreiben gerade kostet kraft. es kostet nicht zuletzt auch kraft, weil ich deinen körper so begehre, die (einstige) richtigkeit zwischen deinem und meinem körper.

ich frage dich allen ernstes und bitte dich um ehrlichkeit – nicht in einer antwort-mail an mich, sondern dir selbst gegenüber: ist nicht die größte und tragischste aller wendungen in unserer geschichte dein verkehren meiner hellen verliebtheit und bereitschaft für diese freundschaft zwischen uns in einen düsterkeitsdiskurs? ist es nicht sehr unfair, mich erst von einem podest zu stoßen und mir dann eifersucht, unsicherheit und traurigkeit über den sturz vorzuwerfen?

ich weiß nicht, was du für mich empfindest, warum du die dinge tust, die du tust. manchmal denke ich, ich kann deine zuneigung spüren, ein flackern davon, etwa in deiner geduld und beharrlichkeit uns gegenüber, mir gegenüber. du kannst natürlich tun, was du willst und mit wem du willst. im moment habe ich das gefühl, dass es irgendwie an dir ist, zu entscheiden, was das mit uns noch ist. ich kann dir nur sagen: ich wäre da, hell, wie ich immer war, wie ich immer noch bin. doch ich kann und will nicht um zuneigung und »exklusivität« betteln. niemals.

jetzt ist wieder etwas schweres herausgekommen und ich stimme dir zu: ich möchte es auch nicht, ich hasse es. ich hatte mich vorhin wieder einmal kurz verlesen, zum guten, deine frage als aussage gelesen, »da kann noch gutes, schönes draus werden«, und ich war dabei, ganz anders zu antworten, nämlich einfach mit einem klaren, leichten: ja.
g.

E-Mail an D., Juli 2020, Beaulieu-sur-Mer
ich habe dich so geliebt, so direkt und klar. nicht mit der hoffnung auf eine zukunft, sondern einfach, weil du es warst.

und ich dachte, es ginge dir auch so. nicht, weil ich denke, ich bin so toll, sondern weil ich meinte, es zu spüren, in deiner hand auf meinem bein, in dem gefühl von richtigkeit, wenn wir beisammen waren, in unseren worten und blicken füreinander.

es tut mir leid, es war alles so nicht geplant, die verzweiflung.

E-Mail an D., August 2020, Beaulieu-sur-Mer
was ich bin im verhältnis zu mir selbst, der welt? eine frau, ein mensch, ja, sicherlich. im verhältnis zu dir? da bin ich etwas hässliches, verzerrtes, krummes geworden.

diese traurigkeit, sie erschöpft so, ständig verlaufende mascara.

E-Mail an D., Weihnachten 2020, Upstate New York

du sagst, ich war immer düster und schwer, deswegen. was mich erstaunt und mir unverständlich bleibt: es lag ja in deiner hand, es schön und leicht sein zu lassen. ich hatte es oft angedeutet und auch konkret gesagt, dass es – eben wegen der distanz – wichtig ist, sich manchmal zu sprechen, gelegentlich auf facetime zu sehen, dass lange schweigephasen die sache zwischen uns schal und unsicher machen würden. man muss ja nicht immer süßholz raspeln, aber ich denke, es ist richtig anzunehmen, dass du mit kolleginnen, selbst mit metzgern, postboten oder kellnerinnen mehr sprachst als mit mir. wir hätten uns ja zumindest einfach und ungezwungen wie freunde verhalten können.

für mich hatten deine schweigephasen etwas zurechtweisendes, erzieherisches, als hättest du die sorge gehabt, dass ich bei einem »zuviel des schönen« die typischen forderungen an dich stellen würde. aber das ist quatsch.

ich möchte nicht albern alles aufzählen, aber ich finde, mit verlaub, dass die größte initiative zum »schönen« von mir kam und nicht von dir, auch jedes wiedersehen habe ich allein geplant und ausgeführt. die distanz war garnicht so sehr das problem für mich, sondern eher deine mattheit darin, die mich überrascht hat, denn als wir uns kennenlernten, warst du so sprühend und energetisch – eben die klare, jeden unserer momente durchziehende kausalität. dann fing natürlich irgendwann die negativschlaufe an: ich wurde unglücklich über dein mattes zurückziehen, du wiederum genervt von meiner hysterie und der traurigkeit, meinem plötzlich fordernden ton – ich wollte ab einem bestimmten punkt natürlich etwas erzwingen und ich weiß gut, dass ich extrem nerven kann, wenn ich nicht kriege, was ich will.

kurzum, es hätte lange schön bleiben können, das weiß ich. es ist so selten, dass das körperliche und das intellektuelle zusammenpassen. es ist schade.

E-Mail an D., Januar 2021, Irgendwo

ich möchte mit schönem enden.

als ich in deiner stadt war am donnerstag, habe ich mich für den geplanten überraschungsbesuch geschämt und angst gehabt, dass du so spontan garkeine zeit haben könntest. ich hatte dir vorher erzählen wollen, dass ich im winter nach europa kommen würde. warum ich es nicht getan habe, weiß ich nicht. zur feier unseres wiedersehens hatte ich dir einen feinen whiskey gekauft mit dem schönen namen bruichladdich, in einer türkisen flasche mit weißer aufschrift. die flasche habe ich auf eine bank im stadtpark gestellt.

vielleicht sollte es nicht sein. das.

Wintersonne

Ich mag keine Orangen, ihr Geschmack ist mir zuwider, doch Hugo, mein Großvater, mochte sie und sie bedeuteten ihm viel. Damit ist gemeint: Er umgab sie mit einem Zeremoniell, an das er viel mehr Bedeutung knüpfte als an jedes andere seiner Rituale, etwa die Hose über Nacht in die Kleiderpresse zu hängen oder im Brockhaus zu lesen, jeden Tag fünfzehn Minuten, eine Seite, dann begannen um achtzehn Uhr die Nachrichten.

Und so geschah lange Zeit jeden Winter dasselbe, immer wieder von Neuem. Die Orangen kamen. Im Dezember erfolgte die erste Lieferung, im Februar kam noch eine zweite. Viele Wochen zuvor war eine große Bestellung aufgegeben worden. Mit festlich-ernster Miene, als stünde er am Vorabend einer hohen Weihe, rief Hugo beim Südfruchtgroßversand in Bremen an und bestellte mehrere Kisten Orangen, wahrscheinlich aus Texas oder Marokko, aber ihre eigentliche Herkunft spielte keine Rolle, zumindest nicht für uns Kinder, weil Großvater uns erzählte, sie kämen aus Afrika. Entgegengenommen wurde sein Anruf stets von der derselben Dame mit warmer und im Laufe der Zeit kratzig werdender Stimme und Großvater errötete jedes Mal leicht, all die Jahre lang.

Mein Bruder und ich lebten bei unseren Großeltern im Wald, im Sauerland, wo die Winter braun sind und auf der Erde viel altes Laub vermodert. Die Bäume haben schlierige, schwarz-grün angelaufene Stämme, die in den grauen Himmel stechen, aber es ist das schönste Grau. Taubengrau. In diesen Wintern kamen also die Orangen. Sie kamen, erinnere ich mich, in flachen Holzkisten, immer dreißig bis vierzig Stück pro Kiste, eingewickelt in Seidenpapier, und leuchteten wie Ballons im Halbdunkel des Flurs mit dem gesprenkelten Marmorboden. Hier inspizierte Großvater die obere Lage ein erstes Mal, die mittlere, die untere, dann trug er die Kisten in den Keller.

Dort blieb er eine ganze Stunde, um die Orangen weiter zu beschauen, bis es Zeit wurde für die Brockhaus-Lektüre und die Nachrichten. Er nahm hier und da eine in die Hand und drehte sie langsam um die eigene Achse, wobei uns nie ganz klar war, wonach er suchte, nach Unebenheiten, Flecken oder Beulen. Oder er suchte nach nichts, das war sogar das Wahrscheinlichste, er dachte an Afrika, das dort unten im Keller, zwischen Vorräten und Gummistiefeln vor den Boiler gekauert, in ihm aufleuchtete, in uns jedoch höchstens diffus flackerte. Wir hatten Verwandte in Namibia und zu jedem Feiertag im Jahr schickten sie Briefe, die ganz zerknittert und voller Stempel bei uns ankamen.

Nach dem Essen ging Großvater in sein Arbeitszimmer, von dem aus er uns dann irgendwann rief, und ich wusste genau, dass er uns nun an seinen Afrikaabenteuern beteiligen wollte. Er saß ganz gerade am Schreibtisch, mit Krawatte, Hemd, Bundfaltenhose, nie trug er anderes, auch nicht, als er schon lange in Rente war. Wir standen im Türrahmen und trippelten unruhig von einem Bein auf das andere. Vor Großvater lagen Afrikabücher aus den siebziger Jahren oder noch etwas älter, seltsamerweise in orangen Einbänden. Heinrich Pletichas *Afrika aus erster Hand*, Joy Adamsons *Die gefleckte Sphinx*, verschiedene Baedecker-Reiseführer und all die Briefe, die unsere Großeltern aus Afrika erhalten hatten, »von der Farm«. Der kompakte Lichtkegel der Schreibtischlampe leuchtete Großvaters Gesicht ganz aus, sodass die winzigen roten Flecken auf seiner Nase zu sehen waren, während der Rest des Raumes im Dunkeln lag. Uns interessierte Afrika genauso wenig, wie die Orangen uns interessierten, und obwohl die Geschichten bestimmt spannend waren, hörten wir angeödet und zerstreut zu und waren froh, wenn Hugo zum Ende kam.

Als junger Mann war er in Südafrika gewesen, zur Großwildjagd. Er reiste mit seinem Hauptverbündeten und besten Freund, dem »mittellangen Heinz«. Beide waren Studenten der Staatswissenschaften und berüchtigte Schürzenjäger. Hier hörte die Wahrheit auf und Großvater begann, jugendgerecht zu fabulieren. Erst viel später, als er letztes Jahr nach einem Schlaganfall im Bett lag und nicht mehr sprechen konnte, habe ich –

nebst liebevoll glatt gestrichenen Orangenpapieren, eins aus jedem Jahr – mit dünnem Kuli beschriebene Blätter gefunden, versteckt zwischen den Seiten eines Fotoalbums, das Großmutter mir gegeben hatte, damit ich es mir mit Hugo ansehen konnte. Es waren karge, den schrägen Schriftzügen nach hektisch verfasste, aber aufschlussreiche Aufzeichnungen aus Afrika und ich stellte mir vor, wie Hugo sie notiert hatte, des Schattens wegen unter einen Baobab gekauert, die Blätter auf den Knien, sodass der Druck des Kulis hier und da die Buchstaben bis in den Stoff seiner Hose prägte. Bevor ich das Album zu Großvater ans Bett trug, habe ich mir die Blätter in die Hosentasche geschoben, um sie später zu lesen.

Seinen Aufzeichnungen kann man entnehmen, dass Hugo nie ein Gespür für Afrika entwickelt hat. Beim Anblick von Staub, verwahrlosten Eingeborenenhütten und Tierblut trieb es ihm die Galle hoch. Trotzdem schoss er weiter, auf Elefanten, klägliche Antilopen, und meist schoss er daneben. Er genoss die Märsche durch den Busch, die wohltuende Hitze, doch beim Klang von Buschtrommeln grauste es ihn. Der »edle Wilde« prangte nicht länger auf den ersten einführenden Seiten des Baedeker, sondern umgab ihn gleich hier, unterhalb der Terrasse des in Erdfarben gehaltenen Farmhauses, wo er in Form des Gärtners den gegen die wilden Tiere angebrachten Stacheldraht zurechtknipste oder im Haus selbst, wo er, in weißer Weste und mit weißer Mütze als europäischer Koch verkleidet, Obstkörbe schleppte und Cognac kredenzte.

Auf der Farm wohnte auch Lotte, die »Herrin«, anders konnte Hugo sie nicht nennen, zumindest wenn er für sich war, denn tief in ihm drin wurde sie tatsächlich zu seiner verehrten Herrin. Ganze drei Monate lang, in denen er ihr jede einzelne Trophäe überreichte, als hätte sie nicht seit jeher mehr als genug davon gehabt. Jede erlegte Antilope, jeder Splitter von Elfenbein, selbst der Zahn eines Löwen sollten nicht in ihr, aber für immer in Großvater nachhallen und schließlich zusammen mit den Orangen, die sie mit schlanken Händen für ihn schälte und ihm zur Erfrischung reichte, zum leuchtenden Sinnbild dieser Welt werden, leuchtend wie die Sonne Transvaals.

Am Tag der Orangenlieferung also ging Hugo mit traurigem Gesicht und schwerem Kopf nach dem Abendessen ein zweites Mal in den Keller hinunter und holte für den Nachtisch – denn nur dann wurden die Orangen gegessen, zum Nachtisch, verdammt noch mal, nachdem das Essen schon gefühlte Stunden gedauert hatte – eine Orange nach oben, die er langsam und umständlich pellte, nachdem er die Schale mit einem Messer eingeritzt hatte. Jeder bekam einen Schnitz, dann noch einen.

Diese Winter gingen vorbei, Hugos Orangen-Phase auch. Der Bremer Handel stellte irgendwann auf Online-Bestellungen um, die rau gewordene Stimme der netten Dame am anderen Ende der Leitung verstummte. Die Orangen kamen nun ganzjährig vom Supermarkt unten im Dorf. Meine Großeltern lebten weiter in dem Haus im Wald, relativ zufrieden in ihrer Einsamkeit. Aber etwas fehlte dennoch, und zwar die Farben Afrikas, so kräftig und klar, dass sie das Herz brechen.

Vorletzten Winter, der Winter vor dem Schlaganfall, war es so weit. Meine Großeltern standen in der Küche. Hugo hatte wortlos die Spülmaschine einzuräumen begonnen, wie er es seit seiner Pensionierung jeden Tag nach jedem Mittagessen getan hatte, und dann ließ er das erste Mal in seinem Leben einen Teller fallen. Großmutter, die ihre älteste Tochter gerade am Telefon in Liebesangelegenheiten beriet, ignorierte das Scheppern, obwohl sie erschrak.

Ohne ein Wort ließ Hugo den in säuberliche drei Teile zerbrochenen Teller liegen und verließ die Küche, ging in die obere Etage und kam lange nicht wieder. Als er dann im Flur stand, hatte er einen Koffer in der Hand und seinen Hut auf. Seit Jahren plante er, von meiner Großmutter weder ermutigt noch gehindert, nach Afrika auszuwandern und an diesem Tag sollte es passieren. Abmarsch fünfzehn Uhr Richtung Ortsbahnhof, ein braunes Backsteinhaus mit einem Kiosk, in dem der eierförmige Herr Schulz auch Fahrkarten verkaufte und grauen Kaffee.

Aus der Auswanderung wurde eine dreimonatige Reise, wie damals. Dann war Hugo wieder da. Er kam nachts an, ohne Ankündigung, nur Großmutter wusste, dass er zurückkommen würde. Sie hatte es immer gewusst. Am nächsten Morgen saß er mit Krawatte und sehr müden Augen am Frühstückstisch, das Gesicht und der Nacken bis zum Hemdkragen braun gebrannt. Als Großmutter uns später alles erzählte, zitterte ihre Stimme. Von Afrika hat Hugo danach nie wieder gesprochen.

Persephone

Mein Spiegel du, mein Abgrund, in den zwei Engel fallen, darin die blassen Sterne des einzig Möglichen. Und wegen dieser Worte, so oder so ähnlich von Baudelaire, würden sie das alles vielleicht wieder tun. Doch, ja, bestimmt würden sie das. Ihr Mann hat von dem Verhältnis zwischen ihr und dem, den sie nur K. nennt, kurz nach der Geburt des Babys erfahren, des Kuckucksmädchens. Doch das war nicht alles, es ging ja noch viel weiter. K. ist jetzt im Gefängnis, sie auch. Vielleicht ist er sogar hier in Casablanca wie sie und das Baby, und manchmal stellt sie ihn sich vor, drüben im Männertrakt, und ihr Herz stirbt für einen Moment vor Schmerz. Anderthalb Jahre hatten sie sich in Paris treffen müssen und für ihre Zukunft hatten sie von noch schöneren Orten in Frankreich oder in der Schweiz geträumt, wo das Seewasser immer die Farbe des Himmels darüber hat. Jetzt gibt es Gruppenzellen und Furzgestank nachts und vielleicht werden sie sich danach nie wiedersehen.

Sie hatten sich in Paris kennengelernt, im Sommer, als sie auf der Terrasse des Ritz an der Place Vendôme saß, an einem mit weißem Leinen gedeckten Tisch, um sie herum Pappeln und Vögel. Wie K. kam sie aus

Casablanca und vielleicht war der Grund, warum er sie wollte, das Geschminkte und Pfauenfederhafte an ihr, und es war ihm egal, dass sie schon zwei Kinder hatte und er mehrere von den beiden Frauen, mit denen er verheiratet war. Sie, Hind, liebte ihren Namen, der sandfarben war, wie ein gutes Gefühl von etwas Abgeriebenem, und sie liebte es, nach Paris zu kommen, denn da war ihr Mann nicht, den sie hasste. Sie hatte hier keine offiziellen Botschaftsanlässe, also Zeit, niemand kannte sie. Morgens kaufte sie Macarons, immer ein rosa- und ein pistazienfarbenes, die sie auf einer Bank unter den Bäumen der Tuilerien aß. Der Schatten dort unter den akkurat gestutzten Baumkronen, das war immer ein bisschen wie tauchen. Dann ging sie in die Kirche Saint-Germain und saß still, dachte an das aufgetürmte Leben in Wien, in Casablanca, an ihren Ehemann, den von Jordanien nach Wien entsandten Botschafter Mustafa, über dessen Namen sie Witze machte, die er nicht komisch fand. Nein, sie hasste Mustafa das Schaschlik nicht, aber er war kühl, grau und farblos wie eine Schreibunterlage und sie war seinen Oreganogeruch und die Bürostempelästhetik seiner Kleidung – grau übereinander geschichtetes Tuch, Hemd, Krawatte, Jackett, all das selbst im Sommer – leid. Dazu noch die Kufiya, unter der sein Gesicht verschwand wie ein Krümel unter dem Tellerrand, das Sauertöpfische, Schmalschultrige, Immereifrige, Geldgierige. Weder in Wien noch woanders machte er Sport.

Einmal hatte Hind ihm ein kleines Gestell zum Luftstrampeln auf dem Fahrrad gekauft, von dem er heruntergekippt war. Vielleicht war er manchmal unglücklich, vielleicht aber auch nicht. In Paris, weit weg von ihm, aß sie abends oft Schwein oder Leber, beschämt und glücklich, und am nächsten Morgen hatte sie von dem vielen Eiweiß einen Pickel am Kinn.

Nach Mustafa dem Schaschlik, nach dem Leben als Botschaftergattin, während dem sie drei Kilo zugenommen und zwei Kinder aufgezogen, nachts allein geschlafen und allein und manchmal laut singend gekocht hatte – immer irre Mengen verschiedenster Sachen wie Chipotle-Huhn, schwarz-rote Bohnen, Guacamole, frittierte Yucca und Bananenkuchen, alles laut, schrill und vulgär, damit es nur Leben in ihr gab –, nachdem sie jahrelang im Sommer allein zum Strand gegangen und allein nach Paris gefahren war, kam also K. Erst einmal kam er zaghaft an ihren Gartentisch im Ritz und fragte sie nach ihrer Telefonnummer; abends gingen sie ins Costes um die Ecke, operettenhaft schrill nach der Ruhe des Ritz, aber er rauchte dort gerne Zigarre und sie fand das männlich. Danach, sie in Wien und er in Casablanca, schrieben sie sich wochenlang Nachrichten, und sie hatte dabei dieses gute, sichere Gefühl, als würde sie den Mast eines Bootes umklammern, das sie davontrug. Doch aus Angst vor Mustafa dem Schaschlik gab sie sich spröde und abweisend gouvernantenhaft, das verletzte K. Manchmal schrieb er ihr tagelang nicht, dann blinkte es morgens doch wieder auf dem Bildschirm und sie freute sich so, dass man es ihr ansah, seine Worte schleuderten sie ihm wieder entgegen, immer nur ihm.

In Casablanca war K. als Geschäftsmann und Textilfabrikant tätig und er besuchte Messen in ganz Europa. Nach ein paar Monaten trafen sie sich wieder, beide kamen dafür erneut nach Paris und wohnten im selben Hotel, diesmal nicht im Ritz, wo die Angestellten sie kannten, sondern in einem kleinen in Saint-Germain, in dem Hind die Goldtapete gefiel. Sie gingen nur in der ersten Nacht auf verschiedene Zimmer. Mustafa dem Schaschlik erzählte sie, sie sei … ach, es war auch egal, er dachte ohnehin immer dasselbe von ihr, dass sie gelangweilt einkaufen wollte. Das tat sie nur von ihrem eigenen Geld, denn er gab ihr nichts oder nur manchmal, obwohl er ja wirklich sehr reich war und sie ihn damals genau deswegen geheiratet hatte. Wie dem auch sei, zwei Monate später trafen sie und K. sich ein drittes Mal, wieder in Paris; aus Angst, erwischt zu werden, nie in Casablanca oder Wien, wenngleich das viel leichter gewesen wäre. Dann noch einmal und Hind wurde schwanger. Sie wollten es beide und hatten auch darüber gesprochen, aber nur ein einziges Mal. Er hatte an einem Nachmittag im Frühling quer auf dem Hotelbett gelegen und die Zeitung überflogen, war hin und wieder bei einer bestimmten Zeile verweilt, hatte dann ungeduldig gleich mehrere Seiten weitergeblättert. Dabei gerieten die Seiten in Unordnung, der mittlere Zeitungsteil fiel zu Boden. Fluchend fischte er ihn vom Parkett auf, las weiter. Irgendein Wort ließ ihn mit offenem Mund erstarren und er fuhr mit dem Daumennagel die Knopfleiste seines Hemds entlang. Wie schön er aussah, so hoch und ruhig, und er roch nach Erde und Jasmin.

Ich liebe das Alte an dir, dachte Hind an diesem Nachmittag, an dem das Licht draußen fahl war und das Schaschlik zum ersten Mal, seit sie K. kannte, wütende, eifersüchtige Nachrichten hinterließ, die sie K. gegenüber nicht erwähnte. Mit dem Alten meinte sie so etwas wie ein Früher, das sie selbst nicht gekannt hatte, und seinen Blick auf die Dinge – er rechnete gerne, mochte Zahlen und sammelte Notizhefte. Es war, als stammte er aus einem anderen, herrlichen Jahrhundert, in dem die Menschen in alten Moscheen noch die dunkelgrünen, golddurchwirkten Wände bestaunt hatten, ohne ganz zu verstehen, was sie sahen, und es sich von ihm erklären ließen. Es sprudelte aus ihr heraus, das »ich möchte mit dir ...«. Sie unterbrach sich aber. Er fragte nach, und als sie nicht antwortete, noch einmal. Endlich sprach sie es aus: »Ich möchte ein Baby von dir«, und er sagte zunächst nichts. Beim Sex fragte er sie, ob er in ihr kommen solle, sie sagte auch eine Weile lang nichts, dann leise »ja«, das war der beste Moment. Wie das gehen sollte, was sie Mustafa dem Schaschlik erzählen würde, mit dem sie ja nicht mehr schlief, darüber redeten sie nicht. Nie. Vielleicht hoffte Hind am Anfang, dass sie doch nicht schwanger geworden war, sie hatte doch Kinder, ein schönes Haus, alles, aber dann hatte sie es doch gewollt, diesem irren, irrationalen Wollen nachgegeben, sich zugestanden, das Stück von ihm in ihr zu wollen, weil sie sich so selten sahen und sie ihn liebte.

Aber K. konnte auch roh sein und schweigsam abweisend, zum Beispiel, wenn er viel arbeitete oder bei seiner Familie war, den Kindern und den beiden Frauen, die schön waren und hellere Haut hatten als Hind. Dann kam sie sich hässlich vor, zu stark geschminkt, zu dunkel, zu rund. Manchmal ertrug sie seine Rohheit kaum und nannte ihn nur »l'homme«, den Mann, er hasste das. Das Leben mit ihm verbringen … Daran dachte sie trotzdem immer öfter, und dass sie all die Dinge mit ihm wollte, die mit dem Schaschlik banal waren, aber mit ihm so kühn und wundersam schienen. Sie wollte ein Kind mit ihm, mit ihren zwei Söhnen und dem Kind von ihm am Wasser wohnen und morgens früh aufstehen und Kuchen mit Rosenwasser backen. Er würde den Kuchen nicht mögen, aber trotzdem davon essen. Sie wollte »mein Mann« sagen, wenn sie von ihm sprach, ihn heiraten.

Ihn heiraten. Das tat sie, als sie im fünften Monat schwanger war, und es war Irrsinn. An einem Tag im Spätsommer – das zweite Jahr ihrer Liebe – flogen sie mit gefälschten Papieren heimlich nach Mali. Es war ein feierlich andächtiges Gefühl, wie vor dem Auftauchen eines Kometen oder am Vorabend eines großen Festes, als sie morgens Hand in Hand vor der riesigen ockerfarbenen Moschee standen, die einer Torte glich. An diesem Tag wirkten die Farben in der Hauptstadt Bamako trocken und lasiert wie Schüsseln, der Himmel war blass und hell. Der Imam und die beiden für die Zeremonie bezahlten Zeugen stellten keine Fragen und Hind war so froh, K.s geliebtes, ernstes Gesicht zu sehen mit dem kleinen Kinn, in das sie nie reinzwicken durfte, sonst wurde er wütend. Trotzdem empfand sie eine leise Traurigkeit über diese vergebliche Heirat, darüber, dass man sich so aussichtslos lieben kann und die andere Wahrheit so sehr zur Realität machen will, zumindest für einen Moment, aber es bleibt doch immer nur die Lüge.

Nach der Heirat und vielleicht, weil ihr Gesicht vor Stress und Anspannung nicht mehr klein und dünn wirkte wie zu oft gefaltetes Papier, sondern wieder leuchtete, nahm zu Hause in Wien das Misstrauen zu. Das Schaschlik stöberte und kontrollierte und sie konnte K., ihren Mann, kaum mehr sehen, nur heimlich auf Facetime. Als das Baby, ein Mädchen, zur Welt kam, kam es zu früh. Ein einziges Mal schaffte K. es nach Wien und ungesehen ins Spital, um seine kleine Tochter kurz zu halten. Das Bild, das eine Krankenschwester von ihnen dreien schoss, war fein, vertraut, frei von der anderen Welt da draußen und liegt heute der Presse vor, dem Gericht, der ganzen Welt da draußen.

Hind erfuhr nie, warum Mustafa das Schaschlik plötzlich alles wusste, von der Heirat, dass das Baby nicht seines war, eben alles. Er schlug sie blutig. Dass so viel Kraft in dieser Schmächtigkeit stecken konnte, dachte sie noch. Freunde und Familie hörten auf, mit ihr zu sprechen, sodass Facebook keinen Sinn mehr machte. Sie durfte ihre Söhne nicht mehr sehen und ab da war alles egal. Der Gerichtsprozess, den das Schaschlik anzettelte, dauerte zwei Monate, es hätten auch zwei Jahre sein können.

Heute, im Gefängnis, wenn das kleine, geliebte Mädchen neben ihr liegt, träumt sie viel. Es sind Träume, in denen Räume voller tiefer Sofas und Sessel vorkommen, auf Regalen stehen fremdartige Blumen, und obwohl es hell ist, brennen Kerzen ganz dicht vor einem Spiegel, sodass sich Rußflecken auf dem Glas bilden. Beim Aufwachen denkt Hind im Halbschlaf an Königin Elisabeth und den Earl of Leicester, die in einem Boot langsam über einen See fahren, irgendwo weiße Türme und Wiegegesang, *Weilala leia, Wallala leilala*. Würde sie es wieder tun? Ja, bestimmt, obwohl es so anstrengend ist. Es ist so anstrengend und sie möchte ihm, K., wie über einen Abgrund hinweg zurufen, nicht näher zu kommen und doch näher zu kommen, denn er fehlt so.

Buffalo

Es ist Wahlnacht und auf dem Bildschirm erklärt der tolle CNN-Mann mit dem guten Haarschnitt an der Magic Wall die in Wahlbezirke aufgeteilte Landkarte der USA und die vorläufigen Wahlergebnisse. Lancaster, Erie, Putnam, Allegheny, einfach jedes County kennt er auswendig, wie die Taxifahrer in Manhattan jede einzelne Straße kennen. Eine wichtige Wählergruppe seien die amerikanischen Vorstadtfrauen, sagt der Mann gerade. Sie ist schon müde, nickt ein; der rot-blau flackernde Bildschirm verschwimmt wie Sirenenlicht hinter verregneten Autoscheiben, doch der Satz des Mannes im Fernsehen schreckt sie hoch. Sie strafft den Rücken, dabei kleckert etwas Rotwein auf ihr Blumennachthemd. Sie, das heißt Shaina, vierunddreißig Jahre alt, flucht leise. Das Nachthemd trägt sie seit heute früh, nun muss sie es vor dem Zubettgehen doch noch auswechseln. Sie bohrt kurz in der Nase, wischt den Finger dann am Blumenstoff ab; was soll es auch. Vorstadtfrauen, Frauen wie sie, hier, gleich hier in Buffalo, NY. Frauen, die mittags schon auf »wine o'clock« um halb sechs warten und nachmittags auf dem Küchenfußboden ein Cardio-Workout machen. Sie lacht leise, schenkt sich Wein nach.

»Because I want him to make America great again«, begründet im Fernsehen gerade eine alte Frau vor einem Wahlbüro in Wisconsin das Kreuz auf ihrem Wahlzettel. Sie trägt eine labbrige Strickjacke mit Zopfmuster; schräg hinter ihr steht ihr Mann, der Clinton wählt, wie er zaghaft erzählt. Make America great again … Shaina mag Clinton eigentlich lieber als Trump, ganz toll fand sie Bernie Sanders, aber sie mag auch diesen Satz hier, murmelt ihn leise. Nur schade irgendwie, dass ein Mann mit einem so kleinen Mund diese Worte ausspricht. Aber seine Frau Melania ist hübsch und trägt oft Weiß, wie ein Engel.

Great … again. Die Worte liegen kompakt im Mund wie ein gutes Gebiss; wenn sie sie ausspricht, fühlt sie sich, als stünde sie selbstbewusst auf der Fifth Avenue. Denn Shaina kommt gerne nach Manhattan, fährt dazu einmal im Jahr im Zug vom Außenrand des Bundesstaates direkt zur Penn Station. Acht Stunden dauert die Fahrt, kostet aber, rechtzeitig gebucht, nur zwanzig Dollar, ein Bruchteil des Benzingeldes. Auf der Strecke, die durch die ehemals florierendste und größte, heute nur noch Rust Belt genannte Industrieregion der Vereinigten Staaten führt, gibt es weder Anzeigetafeln noch Bahnhöfe mit Buchhandlung und Bistro, nur braune Schaffnerhäuschen voller Wasserschäden. Wenn Shaina auf dem Bahnsteig wartet, wird nichts angesagt, der Zug kündigt sich einfach mit einem altertümlichen Bimmeln an; um einzusteigen, muss sie eine enge, steile

Treppe hinaufklettern. Drinnen sind die Sitze dunkeltürkis und riesig, es riecht nach Seife und sie will sofort einnicken und dann im Halbschlaf auf flaches, leeres Land hinausstarren, auf verstreute Farmen und leere Fabriken, meist aber auf die Vorstadt. Doch was sie sieht, ist nicht so sehr die Vorstadt der Glitzerpools und dicken weißen Zäune, sondern viel Braunes und billig Pappiges, mit Plastikdekorationen von Target geschmückte Vorgärten, Kanadagänse, Eichhörnchen. In den schlichten Häusern leben Menschen, die sich zusammennehmen, wie etwas gut Zugenähtes; nur selten fassen sie Traurigkeiten oder Sehnsüchte in Worte. Im Frühling verbrennen sie festlich altes Laub in den Gärten, anstatt es für die Müllabfuhr in Säcke zu stopfen, es stinkt und qualmt, nie ruft ein Nachbar die Feuerwehr. Manchmal hört Shaina nachts streitende Stimmen hinter dünnen Wänden, aber das sind seltene, ausufernde Momente, als käme der in seinem Labyrinth gefangene Minotaurus kurz an die Gartenhecke.

Im Fernsehen ist die Magic Wall mittlerweile verschwunden und andere Bilder sind zu sehen, Aufnahmen von Trump beim Wahlkampf in der Vorstadt aus dem vergangenen Sommer: »Ihr seid die Revolution, groß, gewaltig!«, ruft er und spricht dann von neuen Arbeitsplätzen und dem Wiederaufbau der verarmten Industrieregionen. Kurz darauf sagt der CNN-Mann wieder etwas von der Relevanz der weißen Vorstadtfrauen mit einem einfachen College-Abschluss für diese

Wahl; auch die Männer erwähnt er, aber die Frauen mit besonderem Nachdruck und immer wieder, warum, ist Shaina nicht ganz klar. Draußen hört sie ein schabendes Klopfen, die Nachbarin bringt einen Teller Kohlrabi in Brühe mit Petersilie. Das ist ungewohnt, auch dass die Nachbarin überhaupt noch wach ist, es ist einundzwanzig Uhr, aber nach ein paar Minuten geht sie auch schon wieder.

Meist ist Shaina in der Doppelhaushälfte allein. Sie hat kein eigenes Auto, geht nur selten aus und bleibt den halben Tag im Nachthemd mit den Blumen drauf, aber das Feinmachen für den Supermarkt am Mittag, wenn ihr Mann Bruce ihr in seiner Pause das Auto bringt, bevor er damit wieder zur Arbeit fährt, macht ihr Spaß. Sie wählt die Nagellackfarbe passend zu den Kleidern und zum Parfum und sprüht etwas Trockenshampoo ins Haar. Ansonsten passiert wenig; die Straße, in der Shaina wohnt, ist still, es gibt keinen Bürgersteig und daher keine Fußgänger. Im Sommer sitzt sie viel draußen im Garten, im Winter drinnen. Manchmal steht sie am Fenster und blickt auf austernfarbene Autoreihen. Gegen halb vier kommen die gelben Schulbusse, ab fünf beginnt das Bildschirmflimmern hinter den Vorhängen. Im Sommer verzögert sich alles, sie hört bis in den Abend hinein verwehtes Lachen aus den Gärten, Sprenklerrauschen, riecht das Grillfleisch der Nachbarn. Nun ist es schon November und sie vermisst die Cocktaillaune des Sommers. Neulich, als es noch warm war, hat sie einen Sonnenschirm aufgebaut, gelb ist er, damit das durch den Stoff brechende Licht dem Teint schmeichelt. Darunter hat sie um die Mittagszeit ein Bier getrunken, dann ist sie nach zehn Minuten Heimtrainer auf dem Sofa zusammengesackt und hat dreißig Minuten geschlafen. Altmännerschlaf nennt ihr Liebhaber das schmunzelnd und sie liebt ihn dafür noch mehr. Bruce kommt meist gegen sieben Uhr abends nach Hause. Erschöpft schläft er nach dem ersten Drink ein, auf dem Sofa oder sogar am Computer, sein glatt rasierter Kopf kippt zur Seite, seine Hand krallt sich weiter um die Maus. Sie löst sie behutsam und legt sie neben ihm auf die Holzplatte. Erst zum Abendessen weckt sie ihn oder sie isst allein, er dann später, in der Nacht. Meist wirkt Bruce recht gut gelaunt, er redet nicht viel von seiner Arbeit bei einem Steuerberater oder von seinem Nebenjob auf dem Postamt. Doch wenn sie sein Gesicht sehr genau betrachtet, kann Shaina sehen, wie viel Anstrengung ihn das alles kostet. Seit ein paar Jahren trägt er den Ehering nicht mehr, weil seine Finger zu dick geworden sind.

Für die Wahl heute Abend hat sie Cocktails und Rippchen gemacht und ein paar Leute eingeladen, niemand ist gekommen. Oben schläft Bruce nun. Aber sie hat gute Laune, liest etwas, macht Notizen, sieht fern und sie hat ihren Lieblingswein gekauft, einen Nebbiolo; das Wort klingt nach alten europäischen Städten.

Immer noch redet der CNN-Mann, manchmal zappt Shaina auf Al Jazeera, aus irgendeinem Grund übertragen die schneller. Die Toilettenspülung reißt sie aus ihren Gedanken, oben tappende Schritte, ein Plumpsgeräusch und dann Lakenknirschen. Heute war das Wetter gelb und mild, die Fenster standen bis abends offen, bis eben erst hörte man Fernsehansagen, das Fauchen von Laubbläsern. Plötzlich macht sich ein Gefühl von Enge im Haus breit. Shaina steht entschlossen auf und tritt ans Fenster, geht dann in den Garten, der kalt ist. In der Hand hält sie eine Zigarette, raucht langsam. Vielleicht regt sich etwas in ihrem Gesicht, vielleicht geht ein Beben durch ihre geblümte Gestalt, als sie im Dunklen an den Gartentisch tritt. Bei Lowe's gab es den Tisch Ende September im Ausverkauf, die Tischplatte ist aus blau-weißen gefälschten Mosaiken; die Farben erinnern sie an Marokko, das sie nicht kennt. Irgendwo gurrt eine Truthenne, Shaina riecht ein Stinktier, ein Bus fährt vorbei. Mit einem leisen Scheppern stößt sie das Knie an einem der zwei gewundenen Metallstühle an. An einem bestimmen Punkt hoch oben in der Atmosphäre kann sie die mondhellen Wolken kaum vom Himmel unterscheiden und alles hat diese graublaue Farbe von Wolldecken oder dunklen, alten Tellern. Im Hintergrund schreit jemand im Fernseher irgendwas von Wahlsieg, Applaus brandet auf; auf Facebook flimmern Kommentare, »Prayers to America«, »White Nazi Privileges«, »The Power of Hate«, »I'm going to burst into tears«. Gänsehaut überkommt Shaina an Armen und Rücken, so stark, dass sie kurz die Beine zusammenpresst.

*

Vier Jahre sind vergangen wie alte Münzen. Shainas Kleider wurden einen Sommer lang weiter, da war der Liebhaber noch da, nun sind sie wieder enger. Manchmal hat sie auf dem iPhone durch alte Selfies gewischt. Inzwischen lässt sie es bleiben.

Jetzt wird auch der andere leuchtende Mann bald weg und Shainas Welt noch fader und kleiner sein, sie weiß das bloß noch nicht. Sie sieht ihn so gern, groß und den Bildschirm immer ganz ausfüllend, Donald. Trump. Wobei sie das »Trump« gerne so rund geformt ausspricht, wie es der Präsident selber tut. »Du bist ok«, scheint er ihr zuzurufen, »egal wie du bist, du bist ok. Ich esse auch gern Fleisch von Tieren.«

Immer noch Buffalo, Stadtteil Williamsville. Vor dem Goodwill Store stehen Menschen in der sorgenvollen Kleidung der Armen an, manche davon Afroamerikaner, die meisten Weiße. Sie warten darauf, drinnen die Container mit gebrauchter Kleidung und anderen Dingen durchgehen zu können, Hemden für zwei Dollar, Hosen für drei, Socken für fünfzig Cent. »Wir kaufen deinem Vater jetzt etwas Feines, Kleine«, sagt eine Frau in einem zu engen Anorak und drückt die Hand ihrer kleinen Tochter, die hell zu ihr aufschaut. Shaina stöbert nie im Goodwill Store, dessen Muffgeruch sie an früher erinnert, an das Haus ihrer Mutter in dem Ort, der heißt wie die Sumpfenten, die dort überwintern. Shaina geht einkaufen. Essen einkaufen. Sie geht gern einkaufen, immer noch meist mittags, das Nachthemd unter dem Mantel in die Jogginghose geknüllt. Nach dem Gemüse und dem Fleisch nimmt sie sich noch etwas Zeit, streicht die Regale mit den Bioprodukten entlang und liest die in anderen Farben und Schriftzügen gestalteten Etiketten, Quinoa, Maismehl, Browniemix, die irgendwie nach Design aussehen im Gegensatz zu den schlichten Verpackungen mit den lauten Farben und rot-weißen Aufschriften, die in Shainas Einkaufswagen liegen: Wegman's Original Cream Cheese Family Pack, in messingfarbene Folie eingeschweißte blässliche Schweinekoteletts, wasserunterspritztes Hähnchen für den nächsten Abend. In der Bioabteilung ist das Fleisch rosa und leuchtet wie Trumps Wangen. Dort steht heute eine junge Frau in einer dicken, glänzenden Winterjacke. Sie ist schwanger und sieht schön aus, die Beine sind schlank und stecken in Hunter-Regenstiefeln, die trotz des Schneematsches draußen trocken und sauber sind. Vorne auf ihrem Anorak klebt ein »I Vote«-Aufkleber, rund und grell, wie die Aufkleber auf Shainas Billigware. Shaina dreht sich um, von der Frau weg, und geht zur Kasse. Ihr Körper ist weit und weich wie Hefeteig.

Buffalo und die Vorstädte des Erie County sind die Art von Orten, die den Hass in Menschen blank waschen. Es ist ein kleinteiliger Hass, weniger gegen den Kosmos gerichtet als gegen die hässliche Tapete, den fleckigen Teppich. Amerika ist voll von diesen Orten, an denen Menschen für sehr wenig arbeiten und an denen der Geist geplündert ist. Die Regale der Stadt stehen schon lange leer. Junge Leute streunen gelangweilt und einsam durch von Hitze und Kälte gleichermaßen aufgeplatzte Straßen, steigen über krümelige Schlaglöcher, in denen im Winter Pfützen gefrieren, und über für die vielen Rollstühle viel zu hohe Bordsteine hinweg, auf der Suche nach Dingen, die sie hier nicht finden werden. Das liegt weniger an Buffalo selbst als am Zustand der Stadt, der Maisfelder und Milchfarmen drum herum. Weniger am Zustand der Stadt, der Maisfelder und Milchfarmen drum herum als an ihrer Krankheit, die die Krankheit Amerikas ist; manche nennen sie Armut, andere Verlassenheit, wieder andere Einsamkeit und es ist eine Einsamkeit die nur in Amerika zu finden ist, vor allem nachts, wenn die neonfarbenen Lichter längs der Highways leuchten.

Im Auto hört Shaina heute kein Radio. Sie biegt in ihre Straße ein, die von niedrigen Holzhäusern gesäumt wird und von Antennenpfosten, an denen dicke, durchhängende Kabel befestigt sind. Shainas Haus ist dekoriert. Ein Buffalo-Bills-Schild im Vorgarten, blau-rote Buffalo-Bills-Banner am Garagentor, eine kleine, blaurot leuchtende Maskottchen-Lampe der Buffalo Bills im Küchenfenster, die das ganze Jahr über brennt. Weder Shaina noch Bruce spielen oder schauen je wirklich Football. Aber als junger Mann ist Bruce im Musikclub Downtown aufgetreten. Dort habe früher sogar Sinatra gesungen, behauptet er immer. Bruce, der zu Hause nur noch Jogginghosen und weiße T-Shirts trägt, immer dasselbe Modell von Hanes, das er im Fünferpack bei Target kauft, V-Ausschnitt, Übergröße, lebt in diesem Früher, in einer Zeit, als die Lichter der Geschäfte und Diners entlang der Transit Road und der Main Street verheißungsvoll leuchteten und die Herren am Abend ihren Smoking aus dem Schrank holten. Zu Hause hat Bruce den Kellerraum so eingerichtet, dass er aussieht wie der Musikclub von früher. Weinrot gestrichene Wände, dunkle Holzmöbel, ein Schrank mit Kassetten und ein Recorder. In der Ecke steht ein schmales Bett, darauf eine weiße Häkeldecke. Den Samstagnachmittag verbringt Bruce in »seinem« Club, wo er die Lieder von früher singt, und manchmal weht seine plötzlich wieder kräftig und jung klingende Stimme zu Shaina hinauf. *That night we met, this magic moment. Oh, could it last till the end of time ...*

Punkt halb acht kommt er hoch in die Küche zum Abendessen. An diesen Samstagen gibt es etwas Festliches. Einen Zwiebeldip – für das Aroma nimmt Shaina die Zwiebelsuppenmischung von Lipton –, anschließend einen Krabbencocktail und als Hauptspeise Chicken à la King. Manchmal telefoniert Shaina während des Festessens mit ihrer Schwester, die in Philadelphia lebt. Bruce schaut dann fern.

Shaina räumt ihre Einkäufe in den Kühlschrank. Gegenüber sind neue Nachbarn eingezogen. Sie haben das alte, mit Obstbäumen bewachsene Grundstück gekauft, auf dem am Abend Hirschkühe äsen, und ein neues, zartgelb gestrichenes Haus gebaut. So groß und hoch sind die Fenster, dass Shaina von der Küche aus zu ihnen hineinsehen kann, durch das ganze Erdgeschoss hindurch und hinten wieder hinaus in den Garten. Die Whitackers haben einen langen, glänzenden Esstisch und laden viele Freunde ein, die lachend und in gepflegten Autos vorfahren und gleich vorne auf dem Rasen parken, wie Shaina es sonst nur aus Filmen kennt. Sie kommen aus New York City, dem Aufkleber auf dem Heck nach zu schließen. Im Vorgarten steckt ein Biden-Harris-Plakat, daneben prangt ein »Pro-Choice«-Poster. Im Fernsehen hat Shaina gesehen, dass Frauen dafür demonstrieren, auch in einer fortgeschrittenen Phase der Schwangerschaft noch abtreiben zu dürfen. Im vierten, fünften Monat. Sie musste weinen. Am liebsten würde sie sich vor eine dieser Kliniken stellen, vor denen solche Frauen aus Taxis steigen, und die Hände ausstrecken. »Ihr wollt kein Kind? Dann gebt es doch mir, bitte. Ich wünsche mir nichts sehnlicher …«

Bruce hat einen Sohn aus erster Ehe. Er sitzt im Gefängnis. Shaina weiß das, Bruce nicht. Sie hat ihm erzählt, Willy, der nie richtig gearbeitet hat, aber auch das weiß Bruce nicht, sei nach Washington versetzt worden, was Bruce stolz macht. In zwei Jahren werde er wieder da sein. Aus »Washington« schreibt Willy seinem Vater Briefe, die Shaina einmal pro Monat aus dem Gefängnis abholt und Bruce gibt. Er merkt nicht, dass sie keinen Poststempel tragen. Dass beide, Vater und Sohn, dasselbe Stück Himmel sehen, wenn sie den Kopf heben, macht Shaina traurig.

Niemand weiß genau, was hinter den Türen einer Stadt oder Ortschaft vorgeht. Im Winter liegt Buffalo in der grellen, kalten Sonne, tausendfach von an den Traufen pappmachéartiger Häuserdächer klebenden Eiszapfen reflektiert – taut der eine, kommt rasch der nächste, monatelang –, einfach so da, so wie Shaina jetzt zu Hause auf dem Sofa liegt, nur dass Shaina nicht reflektiert. Jetzt, drei Wochen vor Thanksgiving und einige Wochen vor dem großen Schnee, sind die Gartenzäune spärlich, aber liebevoll mit Lichterketten behängt, Kerzen scheinen in Küchenfenstern durch dünne Vorhänge hindurch.

In Buffalo gibt es so etwas wie das einst beschworene und nunmehr verklärte Goldene Zeitalter der Arbeiterklasse, das mit Schlagworten wie »Fabrik«, »hocharbeiten« und »Haushalt« prunkte, schon lange nicht mehr. Aber früher wurden solche Dinge im Diner Texas Hots an der Ecke Transit Road und Main Street diskutiert, das und anderes. Gäste, die immer nur halb wach waren, zeterten und schimpften dort, jeden Tag, nachdem die Fabriken und Betriebe geschlossen hatten und man auf dem Heimweg, nervös, ob der Inhalt der Geldbörse für mehr als zwei Drinks reichen würde, noch ein wenig im Hots eingekehrt war. Eine Kreditkarte hatten nicht alle, dafür aber viel Tratsch zur Hand, der von Schnaps und Kartenspiel begleitet wurde. Und Frauen gab es, gleich um die Ecke.

Bis heute öffnet ein paar hundert Meter die Transit Road runter jeden Freitag um siebzehn Uhr der Pole-dance-Club Scores, der Mr. Avenatti gehört, und das Texas Hots bleibt leer. Giuseppe Avenatti trägt Anzug und Fliege und die Haare so lang und nach hinten gekämmt, dass sie seinen Rücken streifen. Er mag Frauen und Frauen mögen Mr. Avenatti. Zu ihm kommen sie alle, die Hausfrauen, die Gelangweilten, die, die träumen. Manche schickt er zuerst ins Daisie's, damit sie das Tanzen dort üben, dann dürfen sie wiederkommen und bei ihm auftreten. Hinten im Umkleideraum riecht es nach ungewaschenen Füßen, Magnesium und Puder, an der Wand hängen Perücken in den Farben braun und rosa.

Irgendjemand bleibt immer zurück in der Schule. Irgendjemand macht immer die Arbeit, die niemand sonst machen will. Erst schlanke, dann immer schwerer werdende Frauen mit rosa geschwollenen Fingern arbeiten in Buffalo und in den anderen Städten und Ortschaften des Rust Belt in Dinern, in Supermärkten oder Reinigungen an der Kasse. Lizzy, die im Texas Hots bedient und orange gefärbte Haare hat, wollte nie wie ihre Mutter werden. »Meine Mutter bekam mich, da war sie siebzehn«, erzählt Lizzy Gästen, denen sie nur deswegen vertraut, weil sie mit ihnen die Postleitzahl ihrer Elternhäuser gemeinsam hat. »Ich bekam meine Tochter mit achtzehn. Und jetzt mache ich genau, was meine Mutter gemacht hat.« Sie deutet mit der Hand auf den braunen Tresen, das glänzende Linoleum. Der Freund ihrer Mutter hat sie damals geschwängert.

Heute fährt Shaina nach dem Einkauf noch mal los, ins Hots, um ihrer Freundin Lizzy hallo zu sagen. Einmal nicht zu Hause bei Bruce sein, der müde ist, immer müder wird und den ersten Happy-Hour-Drink nach der Arbeit nicht mehr durchhält, sondern schon währenddessen auf dem Sofa einschläft, die Fernbedienung auf dem Bauch, der Kopf nach vorne auf die Brust gekippt. Seit März geht er nicht mehr ins Büro der Steuerberatung, für die er seit fünfundzwanzig Jahren arbeitet, sondern muss von zu Hause aus arbeiten, verbringt aber mehr und mehr Zeit im Musikzimmer, der Bildschirm bleibt aus. Shaina musste leise lächeln, als sie beobachtete, wie er mit feierlichem Ernst Zoom ausprobierte, seine Hand dabei die Maus umkrampfte und er ganz gerade saß, viel gerader als sonst. Hinter ihm war der Fernseher zu laut und sein Hemd spannte am Bauch. Wann hat sie aufgehört, ihn zu wollen? Sie weiß es nicht mehr.

Lizzy steht allein hinter dem Tresen.

»Hey!«

»Hey …«

»Neue Stiefel?«

»Hunter, ja.« Schamschweiß steigt in Shaina auf. Lizzy hebt die Augenbrauen. Sie ist in der Schule Shainas beste Freundin gewesen. Lizzy war die Kluge, Shaina die Hübsche. Shaina trinkt langsam von ihrem Bier. Hinter dem Pult am Eingang steht im grauen Anzug und mit Krawatte Bill, der »Host«, der die Gäste zu ihren Tischen bringt; in der rechten Hand hält er einen Gehstock, die weißen Haare sind blond gefärbt. Shaina liebt den Geruch hier drin, Essig und Sauce. Lizzy trägt ein Pflaster am Ringfinger der rechten Hand. Lizzy ist immer noch meine Freundin, sagt Shaina sich und fühlt sich plötzlich sehr wohl. Als könnte ihr Überschwang den Mangel an Interesse ausgleichen, den Lizzy ihr meist entgegenbringt.

Er kommt später ins Hots als an den anderen Freitagen. Er mag Ende vierzig sein, ein robuster, breiter Mann mit rohen Händen. Neben sich auf den Tisch legt er sein altes Nokia, die rechte Hand ordentlich daneben. Shaina bleibt an der Bar sitzen, bestellt Burger und Hash Browns, wie der Mann. In dem Moment, in dem sie den Burger zum Mund führt, sieht sie ihn an. Er sitzt mit geschlossenen Augen da und kaut langsam, beide Hände nun zur Faust geballt. Lizzy stellt das Bier vor ihn hin, aber er öffnet die Augen nicht. Als Shainas Barhocker knirscht, reißt er sie kurz schroff auf, schließt sie dann wieder. Lizzy flüstert dem Mann etwas zu und hebt seine Serviette auf. Er gibt ihr keine Antwort, lässt die Augen nun offen und drückt mit der Unterseite der Gabel auf dem Burger herum, bis Fleischsaft austritt. Bedächtig und mit unnötig weit vorgelehntem Oberkörper beginnt er zu schneiden. Bald führt er ein Stück Kartoffelfladen vor das Gesicht, bald einen Brocken Fleisch mit Brot, man könnte meinen, er begutachte die Bissen wie selten gewordene und leicht kindische Ansteckpins, bevor er sie in den Mund schiebt. Shaina sieht ihn konzentriert an, wartet darauf, dass er zu ihr herüberblickt. Gerade so, als könnte er die bisher an den Tag gelegte Bedächtigkeit nicht mehr ertragen, lässt er die Gabel fallen. Er legt das Gesicht in seine Hände, hebt dann den Kopf.

Im hinteren Teil des Diners überträgt ein großer Flachbildschirm die Proteste vor dem Weißen Haus. Unterstützer des gelben, breiten Präsidenten, *ihres* Präsidenten, laufen friedlich und mit entschlossenen Gesichtern eine Straße entlang. Schwenk. Vor dem harten, grellen Kuppelbau des Weißen Hauses steht die Familie des Präsidenten. Die Tochter lächelt und winkt, ihr Mund glänzt. So schlank und schön, Diamanten an den Wimpern. Diese Tochter hat einmal eine Kleiderlinie entworfen, die bei Macy's in der Mall verkauft wurde, falbe Blazer und taillierte Blusen mit Elastananteil. Die Mall riecht immer nach Popcorn mit Butter und Shaina hat dort einen engen Stiftrock anprobiert, der 49,90 Dollar gekostet hätte. Sie hat ihn wieder zurückgehängt. Schwenk. Ein junge Frau mit dicker Brille und Locken schreit in die Kamera. Sie schreit etwas von den Faschisten des Rust Belt. Ein Mann mit Megafon schubst einen Alten im Trump-T-Shirt von seinem Rad und nimmt es ihm weg. Andere schreiende junge Leuten feuern ihn an.

Der Mann, dessen Namen Shaina nicht kennt, ist fertig mit dem Burger, den Hash Browns. Sein Gesicht liegt ruhig da. Zum ersten Mal lehnt er sich zurück und trinkt Bier, in langen, tiefen Zügen, eine schlürfende Auferstehung scheint sich zu vollziehen. Shaina versucht ein letztes Mal, Blickkontakt herzustellen, schaut dann auf ihren Teller und beugt sich über den Burger. Sie ist verloren. Das Geschöpf einer versinkenden Welt. Die Zukunft gehört ihr nicht und die Stiefel kneifen an den Waden.

Die schwarze Witwe

Er kam aus dem anderen Land im Süden Europas, wie Menas Vater, der in Amerika lebte. Er trug weiße Hemden, die vorne leicht offen standen, und hatte wie mit Bleistift eingezeichnete Wangenknochen. Er roch nach Strand. Sie nannte ihn Adonis, aber nur insgeheim.

Zum ersten Mal seit vielen Jahren war sie in die Sommerferien zu ihrer Großmutter, ihrer Yiayia, in das andere Land geflogen. Am Stadtrand, wo Yiayias schmales Arbeiterhaus stand, war es heiß und einsam. Die Zikaden sangen laut und aus den Häusern drang der Geruch von gebratenen Auberginen und Fisch. An einem Mittag, als es am allerheißesten und kein Mensch weit und breit zu sehen war, ging Mena in die Stadt. Nur die Katze der dicken, alten Tante Margarita lag im Schatten des dünnen Quittenbaums, der schon lange keine Quitten mehr trug.

Auch die Geschäfte im Stadtzentrum waren leer. Mena setzte sich gelangweilt auf die Terrasse eines Cafés. Am Nebentisch schnitt ein junger Mann umständlich Bilder aus einem Magazin aus. Er beugte sich dabei ganz tief über das Papier, sodass es aussah, als sei er blind, was er auch fast war. Und er war schön. Vasilis – da saß er schon neben ihr am Tisch unter dem Sonnenschirm und sie konnte es im gelben Halbschatten genau erkennen – trug im rechten Auge die dickste Kontaktlinse, die sie je gesehen hatte. Aus dem linken Auge war sie herausgefallen. Daher die gebeugte Haltung. Vor ihm lagen die Reste der amerikanischen *Penthouse*. Aus den Bildern der männlichen Models waren die Gesichter herausgeschnitten. Zu Hause werde er sein Gesicht reinkleben, sagte Vasilis. Er besitze bereits hunderte dieser Seiten, erzählte er weiter, beiläufig, als kenne er Mena schon sehr lange, und bestellte ihr ein helles Eis mit einer roten Kirsche drauf. Es sei sein Portfolio für Amerika.

Vasilis betrachtete sie von Anfang an, wie man ein Bild betrachtet, das man nicht versteht. Die Augen zusammengekniffen, abwartend und mit einer großen Leere im schräg gelegten Kopf. Er hatte gedacht, gehofft, sie käme aus *Amerika*; das Wort sprach er aus, als hätte er es sein Leben lang an den Beginn jedes Satzes gestellt, leuchtend und wichtig. Vom dauernden Gebrauch hatte sein Amerika ein eigentümliches Timbre bekommen, sodass es schon gar nicht mehr nach Amerika klang, eher wie ein leicht verbitterter Husten, die phonetische Folge einer seltsamen Spreizung der Lippen, die auf etwas ganz anderes zu verweisen schien als auf das Land jenseits des Atlantiks. Aber ihm bedeutete dieser Laut alles, Vasilis wollte nach Amerika und war auf der Suche nach einer Frau, die zumindest weit genug aus dem nördlichen Westen kam, um ihm dabei zu helfen.

An dem heißen Tag, an dem sie Vasilis im Café unter dem Sonnenschirm kennenlernte, trug Mena ein blaues Kleid und die dunklen Locken sehr lang. Vasilis war etwa zehn Jahre älter als sie. Er lebte schon sein ganzes Leben lang in der Stadt in dem anderen Land. Seinen Eltern gehörte ein CD-Laden, in dem er aushalf. Nachts legte er Musik in Kneipen auf, nie in Clubs. Manchmal schlug er seine Mutter, wenn die ihm sagte, er solle studieren gehen. Genauer gesagt boxte er sie so lange in die Schultern, bis sie weinte und zurückhaute. Nachmittags ging er schwimmen und am Abend mit Freunden in einem Strandrestaurant essen, gegrillte Makrelen, mit Feta gefüllten Oktopus, Gerichte, die für Mena im anderen Land einen Sinn annahmen, den sie in Deutschland nie gehabt hatten.

Hier im anderen Land leuchtete Mena. In der deutschen Stadt, in der sie lebte, sah sie blass und fremd aus. Das war schon immer so gewesen. Die Häuserdächer dort hatten die Farbe von Tannenzapfen und deutsche Kinder spielten mit deutschen Kindern. In der Grundschulklasse war Mena die einzige Ausländerin gewesen, es war wie eine seltsame Auszeichnung, wie Zwerg sein oder verhext. Wenn sie in der großen Pause die Tupperdose aufmachte, die ihr Vater ihr morgens eingepackt hatte, und Moussaka oder Pita mit Ei aß, setzten sich die anderen von ihr weg, weil sie »stank«.

Als sei sie endlich in der richtigen Kulisse für eine wichtige Rolle angekommen, verliebte Mena sich an dem heißen Nachmittag in die Welt des anderen Landes, die aus nicht viel mehr bestand als aus Sonne und brüchigen Hausfassaden und natürlich Vasilis, dem Einauge, das groß und stattlich zu ihr in den Schirmschatten herübergerutscht war, Magazinseiten zerschnitt und dabei die Schere von der einen in die andere Hand legte.

Fast jeden Mittag ging Mena ab da in das Café und Vasilis brachte jedes Mal eine neue amerikanische oder deutsche Zeitschrift mit. Sie saßen bis in den späten Nachmittag zusammen. Mena redete nicht viel, meist redete Vasilis. Sein Englisch war akzeptabel, aber er hatte einen starken Akzent. Mena sprach die Sprache des anderen Landes nicht. Ihr Vater war aus großer Armut nach Deutschland gekommen und wollte die Sprache seiner Heimat nicht für seine Kinder.

Als sie Vasilis gestand, dass sie in ihn verliebt war, nahm er sie mit nach Hause. Seine Mutter bedachte Mena mit einem strengen Blick, stellte wortlos einen Teller mit Kohlrouladen auf den Küchentisch und ging hinaus. Vasilis' Zimmer war immer noch das seiner Kindheit. Sie lagen zusammen auf dem Bett und schauten Disney-Filme auf Englisch und mit griechischen Untertiteln, meist *Herkules*, und Vasilis redete dabei ununterbrochen von der kulturellen Bedeutsamkeit seines Landes für die Welt, sodass Mena nicht verstand, was Herkules oder die Göttinnen sagten. Manchmal kam Vasilis' Schwester ins Zimmer, eine schmale, gelangweilte Blonde, jammerte etwas von Hitze und Langeweile, ging dann wieder hinaus. Oder ein Freund rief an und Vasilis schrie in der anderen Sprache ins Telefon. Irgendwie schrie er immer, nie war er sanft und fröhlich. Sein Blick war schwer und in eine innere Ferne gerichtet. Wenn er lächelte, bogen sich die Mundwinkel nach unten. Er wollte viel küssen und seine Küsse waren feucht, der Sex beiläufig.

Manchmal wurde Mena von der Enge des Lebens in der Stadt in dem anderen Land der Atem schwer. Vasilis tat ihr leid und etwas in ihr ekelte sich vor seiner Sehnsucht nach dem Norden. Als sie ihn für den Winter nach Deutschland einlud, wurde sein Gesicht zum ersten Mal hell und seine Augen auch ohne die Kontaktlinsen, die er für den Sex mit ihr immer ablegte, ungewohnt groß.

Später, als Mena wieder zu Hause war, telefonierten sie, und nun war es Vasilis, der verstummte. Am anderen Ende der Leitung redete Mena, ohne Ende, ohne Pause, von einem Punkt zum anderen mäandernd, dabei gedanklich immer scharf und klar, was Vasilis in eine seltsame Form der Gehorsamkeit zwang, in ein angespanntes und aufmerksames Zuhören. Meist waren es Beschwerden, die sie vortrug. Mena beschwerte sich über die Welt. Die Deutschen, die Uni, das Wetter, ihre Regelschmerzen. Sie war die Königin der Beschwerde, der Anklage, des Lamentos. Sie redete sich alle Unzulänglichkeiten ihrer Existenz, die immer am Rande des Kollapses zu stehen schien, von der Seele, machte sich in endlosem Palaver Mut und Unerträgliches erträglich, einfach, indem sie sprach. Weil Vasilis so wenig erwiderte und ihrem Redestrom nichts entgegensetzte, begann Mena, ihn anzulügen. Sie würde ihm einen Job im Außenministerium verschaffen oder bei der UNO, sie habe Freunde. Und Vasilis glaubte ihr jedes Wort. Er begann zu packen und erzählte Nachbarn und Freunden, es sei so weit, er ginge, er ginge zur UNO. Niemand wollte ihn mit Zweifeln an Menas Versprechen kränken; man plante ein Abschiedsfest. Ein Lamm sollte gegrillt werden.

Zusammen mit der Lüge begann Mena, sich verleugnen zu lassen, wenn Vasilis anrief. Ihre Mutter nahm die Anrufe, die meist am Abend kamen, entgegen. Jedes Mal klang Vasilis' Stimme etwas schriller und verzweifelter. Wo Mena denn sei, er werde doch bald kommen, habe den Flug gebucht. »Was ist nur mit dir los?«, fragte die Mutter. Mena erwiderte nichts. Vasilis landete in Frankfurt. Mena holte ihn ab, ging aber nicht in die Ankunftshalle, sondern wartete vor dem Terminal im Auto.

Als er glücklich lächelnd mit seinem Rollkoffer auf sie zukam, wollte sie ihn ohrfeigen. Nichts war geblieben von dem schönen Mann im Café, dem stattlichen Einauge unter dem Schirm. Weg waren die weißen Hemden und die nachlässige Frisur. Vasilis knirschte ihr in einem langen, matrixhaften Ledermantel entgegen, trug einen Dreitagebart und eine Brille und warf mit von Keanu Reeves gestohlenen Gesten und Blicken um sich, die sie zuvor nie an ihm gesehen hatte. Er war anhänglich und küsste sofort an ihrem Hals herum. Das neue Leben, wie er sich freue. Er habe ihr auch etwas mitgebracht, sagte er und klopfte auf seinen Jansport-Rucksack. Mena sprach während der Fahrt nicht, Vasilis fielen auf dem Beifahrersitz die Augen zu. Zu Hause stürmte sie schnurstracks in ihr Zimmer. Sie machte sich nicht die Mühe, den Gast ihrer Mutter vorzustellen. Vasilis, im Rausch seiner Ankunft, schleppte seinen Koffer die Treppe hinauf, blieb bei Menas Mutter im Flur stehen und redete. Schwadronierte. Erzählte von der Stadt im anderen Land, der Sonne, dem Meer, und Menas Mutter hörte mit feuchten Augen zu. Dann kam sie zu ihrer Tochter ins Zimmer und zwinkerte. »So ein Netter. Und diese große Brille!«

Aus dem anderen Land hatte Vasilis sein Schlafkissen mitgebracht. Es war fleckig und roch nach Sonnenblumenöl. Sein Mitbringsel für Mena entpuppte sich als Minirock im Leopardenmuster mit einem passenden Halsband. »Wir können hier bei mir nicht vögeln«, zischte Mena. Und dann: »Ich muss los, hab Vorlesung. Ruh dich aus. Ich komm heut Abend wieder.« Sie polterte aus dem Haus und hörte ihn noch rufen: »Aber wir wollten doch … Arbeit besprechen!«, bevor die Tür mit einem billigen Geräusch zuschnappte. So ging es los. Mena kam nicht zum Abendessen und auch nicht in der Nacht. Sie schlief bei ihrem neuen Freund, der nicht ganz aus dem anderen Land kam, aber aus Sizilien. Er war perfekt. Er war schön. Der Mund, insbesondere die Nase. Eine römische Nase.

Als sie am nächsten Morgen ihr Zimmer betrat, lag Vasilis auf dem Bett, immer noch im Knirschemantel und mit einem in den Bartstoppeln klebenden Ketchupfleck. Woher der Fleck kam, vor allem: warum Vasilis ihn die kommenden fünf Tage nicht abwaschen würde, blieb unklar. Niemand schien ihm zu sagen: »Du hast da was.« »Der Typ ist so peinlich!«, schrie Mena, als Vasilis bei Grün mit wehendem Mantel vor ihr über die Straße rannte. Im anderen Land überquerte niemand in aller Ruhe die Straße, weil auch niemand auf rote oder grüne Ampeln achtete. Aber das hier war nicht das andere Land.

Mena war ständig bei Angelo und ihre Mutter und ihre kleine Schwester passten auf Vasilis auf, nahmen ihn mit zum Supermarkt oder in den Park zum Entenfüttern. Vasilis wurde immer trauriger. Er aß nicht und fragte Menas Mutter mit großen Augen nach seiner Freundin. Nie zog er den Mantel aus, der schnell speckig an ihm runterhing. Nachts vergrub er sein Gesicht in das Leopardenröckchen. Er weinte viel oder saß am Fenster und murmelte theatralisch und leise in Richtung Garten. Der Ketchupfleck an seiner Wange wurde dunkel und begann zu riechen.

»Ich halte das nicht aus«, schrie Menas Mutter ins Telefon. »Du kommst sofort nach Hause. Es ist *dein* Besuch!«

»Hier, nimm du ihn!« Sie stürzte auf Menas Schwester Lisa zu und gab ihr hundert Euro. »*Nimm* ihn, geht essen, irgendwohin. Es ist mir egal!«

Dann rief sie Menas Großeltern an: »Morgen kommt Mena mit ihrem neuen Freund. Es wird euch Spaß machen, garantiert.«

»Warum tust du das, Mama?«, fragte Lisa.

»Sag mir lieber, wo deine Schwester ist, verdammt noch mal!«

Menas Großeltern lebten auf dem Land. Zum Haus führte eine rumplige Kiesauffahrt. »Ich mache Schluss mit dir, Vasilis. Wasch doch auch mal dein Gesicht!«, sagte Mena und verlangsamte den Wagen. Ihre Köpfe hüpften auf und ab, als sie über die Schlaglöcher fuhren. Vasilis weinte und die Großeltern begrüßten ihn staunend. Auf dem Wohnzimmertisch standen Mohnkuchen und Kaffee. »Wollt ihr uns vielleicht beim Weihnachtsbaumschmücken helfen?«, fragte Menas Großmutter.

»Au ja«, rief Mena. »Gell, Vasilis, du doch auch.« Vasilis schwieg. Er rührte seinen Kaffee langsam und nervenaufreibend und schlug dann mit dem Löffel die Titelmelodie von *König der Löwen* an den Tassenrand. »Ich will nach Hause«, sagte er später leise unter dem Weihnachtsbaum.

Erleichtert setzte Mena Vasilis am nächsten Tag vor dem Terminal ab. Der Ketchupfleck an seiner Wange war immer noch da, bröckelte nun etwas. »Vasilis, es tut mir leid, ich … umarmst du mich?«

»Du Nutte!«, rief er und gab ihr eine Ohrfeige. Ein paar Leute drehten sich um.

Skizzen einer Ehe

Ich möchte ohne Kleider bei dir sein, sagte sie ihm am Anfang. Er antwortete nicht, nickte nur leicht und lebte fortan aus einer Distanz, wie sie nur Affären mit sich bringen, neben ihr her, in seinem ruhigen, klugen Körper. Dann war er irgendwann nicht mehr da, denn Ada zog nach Buffalo, NY, und wohnte dort auf der Greek Road, unweit von Shaina, aber das ist eine andere Geschichte. Buffalo erschien Ada leer, mit viel Rasen, und die Häuser hatten dünne Wände. Man sah Truthähne und Schneegänse, am Straßenrand lagen überfahrene große Tiere. Fleischige Männer fuhren auf Rasenmähern herum und die Straßen hatten keine Bürgersteige. Ich werde das nicht schaffen, dachte Ada in der ersten Nacht und danach jeden Tag. Im Nachbarhaus wohnten zwei Frauen, die im Gesicht gleich aussahen und zusammen fünf Kinder hatten. Jede Woche kam ein anderer Mann zu ihnen und verbrachte dort ein paar Tage. Jessie, so hieß die ältere der beiden Frauen, war dick und trug keinen BH, sodass der Busen auf dem Bauch auflag.

In Nanjing hatte Ada einmal wie auf einer vergilbten Illustration einen alten Chinesen gesehen, dessen Bild sie lange verfolgte. Er war im grauen Kittel auf einem alten Dreirad herumgefahren und hatte Müll in einem Korb gesammelt. Wahrscheinlich besaß er nur noch einen einzigen Zahn, der in der Mitte seines Mundes steckte. Er trug ein sehr dünnes schwarzes Bärtchen und spielte über einen Lautsprecher eine jammernde Melodie ab, wie ein Eiswagen, nur unendlich traurig und chinesisch leiernd. Ada stellte sich vor, dass der Alte für immer in einer Art Kammer ohne Fenster wohnte, mit viel Müll und Ungeziefer und Ratten auch, die fast wie Haustiere waren. Nachts rollte er sich für wenige Stunden dort zusammen, das heißt, unter der Spüle, wo ein Meter Platz war, und am nächsten Morgen brach er wieder auf, um weiterzusammeln, seit fünfzig Jahren. Sie hätte diese imaginäre Behausung gerne einmal gesehen, und wenn sie sich in Buffalo auf der Greek Road abends auszog und das eine Nachthemd gegen ein anderes tauschte, den Sommergeräuschen draußen lauschte oder dem stillen Schnee, dachte sie, sie sei vielleicht ein wenig wie der alte Chinese.

Manchmal rief er noch an und klang fern und gelassen. Vor ein paar Monaten hatte sie sich abgewöhnt, seinen Namen zu denken. Er war er, war nur er, und das Du, das er gewesen war, hatte sie nicht mehr. Oft schrie Walt im Hintergrund etwas und übertönte seine liebe, feine Stimme, wenn sie heimlich im Badezimmer mit ihm telefonierte. Er schämte sich für sie und ihr Unglück und legte rasch auf. Sie vermisste ihn dann ganz besonders.

Sie dachte oft an ihn, vor allem, wenn sie ein Zimmer betrat, als wartete sie auf den sanften, freudigen Blick eines wohlwollenden Publikums. Im Sommer standen die Fenster ihres Hauses in Buffalo weit offen, doch Ada schaute nie nach draußen, dorthin, wo die Terrasse die Wiese vom Haus abtrennte und wo Walt so oft stand, im Schattenstreifen, den der Pfeiler auf die Hauswand warf, und sie beobachtete. Sie spürte nur die Wärme, die von der Wiese kam. Meist trug sie enge weiße Kleider, obwohl es dafür viel zu heiß war. Doch wenn Walt ihr das sagte, lächelte sie bloß. Sie war ja von dort, wo sie herkam, viel wärmeres Wetter gewohnt und litt nie unter der Hitze. Von der Terrasse führten einige Stufen in den Garten und häufig spielten ein paar Nachbarn dort an einem großen Tisch unter einem Sonnenschirm Karten. Einer der Männer winkte Ada gern zu, wenn sie aus dem Haus trat. Du ..., begann Walt viele seiner Sätze und sein Blick war groß und unsicher. Nein, nicht Du, dachte sie.

Seit sie in Buffalo wohnten – sie mussten hierherkommen, Walts Arbeit ließ keine Wahl und sie hatten das kleine Kind, sonst wäre Ada nicht mitgegangen –, seitdem sie also in Buffalo wohnten, war Walt sehr eifersüchtig und hörte manchmal auf, sich die Haare zu waschen. Am Anfang genoss Ada die Macht, die sie hatte, wenn sie zum Beispiel spöttisch erklärte, sie treffe heute Nachmittag jemanden ohne Brüste, und sein Gesicht dann ganz klein und verkniffen wurde.

Ihre Stimme roch bitter und unausgeschlafen, wenn sie das so sagte, dabei Schlüssel und Lippenstift in die Handtasche warf, das kurze Kleid glatt strich und das Haus verließ.

Morgens ging sie im Schwimmbad des jüdischen Gemeindezentrums schwimmen. Zur gleichen Zeit kam auch ein Mann, der so gut schwamm, dass sie sich für ihre langsamen Brustzüge schämte. Er war ein ehemaliger General der US-Army, erfuhr sie, nachdem sie in der Umkleidekabine Sex mit ihm gehabt hatte. Er hatte seine Badehose nicht richtig ausgezogen und dann abgebrochen, weil der Bund die Hoden abklemmte. Aber sie hatte seinen gierigen Blick gemocht, und dass er dabei nicht sprach. Du hast den Arsch des Jahrhunderts, sagte er zum Abschied.

Mit seinen eigenen Verdächtigungen konnte Walt leben, sie stachelten ihn an, nährten seine Lebenskraft. Hätte aber ein Außenstehender Walt von dem Vorfall in der Umkleidekabine erzählt, hätte er es wahrscheinlich nicht geglaubt. Sein Selbsterhaltungstrieb sorgte dafür, dass nur er es war, der Geschichten über Ada erfand; sobald Zeugen oder Beweise seine Vermutungen bestätigten, verweigerte er sich der Realität. Er schaute ihr lange nach, wenn sie wegfuhr, er begriff sie nicht mehr, verstand ihre Trauer, den Missmut nicht. Früher hatte Ada gestrahlt und gelacht, Walt fehlte das. Er versuchte, ihr eine Freude zu machen, lud sie in ein Restaurant ein, von dem er dachte, es könnte ihr gefallen. Das Restaurant hieß Sinatra's. Als Ada die ionischen Säulen aus Plastik vor dem Eingang sah, wollte sie gehen. Drinnen trank sie zu viel und Walt starrte traurig auf die Nudeln vor ihm.

In Wahrheit ging Ada außer zum Schwimmen nirgendwo so richtig hin, schon gar nicht zu irgendwelchen Rendezvous. Sie setzte sich ins Auto und fuhr in die Mall. Es gefiel ihr, dass sie dort selbst im Winter nackte Beine haben konnte wie viele andere Frauen auch, denn sie stieg in der Garage ins Auto und kam direkt vor dem Eingang der Mall an, sie hatte also immer irgendwie Sommer. Bei minus zwanzig Grad mit bloßen Beinen in der Gegend herumzufahren war in Manhattan unmöglich gewesen. Aber sie vermisste die Stadt und das Restaurant, in dem sie oft mit ihm gewesen war. Sie gingen ins Veau d'Or auf der Upper East Side. Dort gab es rote Plüschsessel und antiquierte Gerichte wie Kalbsrouladen mit Sardellensauce. Die Gäste schienen alle hundert Jahre alt, staubig und elegant, und Ada kam sich vor wie in Paris. Danach wollte sie immer in die Minetta Tavern direkt beim Washington Square Garden, weil am Rand der alten, vollen Bar Glasblumen in einer Vase standen und im Halbdunkel schimmerten wie Zähne. Er mochte nicht immer mit ihr kommen, meist verschlechterte sich seine Stimmung gegen Ende des Abendessens, weil der Moment nahte, da sie wieder zu Mann und Kind zurückmusste. Beim Abschied war er jedes Mal sehr traurig, blieb noch lange als kleiner

Punkt unter dem weißen Triumphbogen im Park stehen. Sie nahm von dort ein Taxi nach Hause; der runde Platz, die Musikanten und der helle Marmor, all das kam ihr angemessen für Sehnsucht und Tränen vor. Später, in Buffalo, schämte sie sich, dass sie ihn je zum Weinen gebracht hatte.

Als Walts Pläne mit dem Haus in Buffalo konkreter wurden, nahm er sie zu dem angedachten Grundstück in der Straße mit den alten, schweren Bäumen mit. Er war froh, schlicht und roch so gut, freute sich auf seine neue Arbeit. Während sie das Grundstück besichtigten, standen auf der anderen Straßenseite zwei alte, reiche Italienerinnen und redeten auf Sizilianisch über das Essen. Sie standen zwischen riesigen gelben Blumen und das gab Ada Mut. Auch die kleine Tochter war voller Freude über das neue Zuhause und den Garten, darin gab es eine quietschende Schaukel. Doch kurz nachdem sie eingezogen waren, begann der Winter, Ada begann mit dem Valium.

Das Haus, in dem sie in Buffalo lebten, war platt und kastenartig, als hätte ein Kind es mit dem Lineal gezeichnet, Wände, Dach, Fenster, und dann nach ein paar groben Strichen den Stift in die Ecke geschmissen, um erleichtert fernsehen zu gehen. Wenn Ada sich über das Haus beschwerte, sagte Walt, es sei doch die Aussicht, die zähle. Damit meinte er den großen Garten hinter dem Haus, wo man abends Hirsche und einen Truthahn sah. Sie lachte dann bitter und ging in ihr Zimmer, das sie mochte, weil es nach ihr roch. Seit sie in Buffalo waren, schlief Ada alleine und der Geruch der Bücher in den Regalen um sie herum vermischte sich mit dem Duft ihrer Kleider, das tröstete sie. Zum Schlafen nahm sie das Valium; beim Aufstehen waren ihre Augen ganz klein und hart, sodass die Tochter glaubte, sie seien zu. Ada war oft zu müde zum Anziehen und behielt das Spitzennachthemd, das vom vielen Tragen schon dünn war, einfach an, zog den Pelzmantel drüber, fertig. Die Tochter war jedes Mal aufgeregt, dass sie so schön aussah, und bildete sich ein, dass alle klatschen würden, wenn sie in den Kindergarten kämen. Natürlich klatschte keiner, aber Ada hätte es sich gewünscht, die Kleine war so stolz. Wenn sie sie abgeliefert hatte und wieder im Auto saß, weinte sie oft.

Walt gestand sich erst viele Jahre später, als Ada schon nicht mehr da war, ein, dass er eifersüchtig gewesen war, und überlegte zaghaft, ob sie nicht vielleicht doch recht gehabt hatte mit ihren Vorwürfen und dem ganzen Weinen und Weglaufen vor ihm. Er sah sie noch vor sich, wie sie auf ihren Spaziergängen um den Block oft schluchzend vor ihm hergegangen war. In Buffalo gab es gar keine richtigen Blocks, stattdessen riesige, lange Straßenzüge voller Verkehr; wegen der fehlenden Bürgersteige konnte Ada Walt schlecht ausweichen und sie gingen aneinandergedrängt am Seitenstreifen entlang. Während dieser Gänge machte er sich gern über Europa lustig, die parfümierten Männer und Frauen und die alten Gebäude dort, die er nicht verstand. Nur merkte er damals nicht, dass er nichts davon verstand oder von ihrem Heimweh. Er hasste ihr Heimweh und er hasste Europa, weil es sie von ihm fortzog. Je mehr er es hasste, desto mehr weinte sie. Wenn er nicht aufhörte, zu reden und zu schimpfen, begann sie, mit vor das Gesicht geschlagenen Händen vor ihm wegzulaufen. Sie lief jedoch nicht sehr schnell, denn er hatte die Schlüssel und sie würde vor der Haustür ohnehin auf ihn warten müssen. Er wusste nicht, ob er Mitleid mit ihr hatte oder ob sie ihm auf die Nerven ging. Wahrscheinlich von beidem etwas, dachte er später.

Es war nicht so, dass Ada sich gar keine Mühe gegeben hätte, sich in Buffalo zurechtzufinden. Sie brachte die Tochter zu Gymnastikstunden und zum Tanzunterricht, neben ihr googelten die wartenden Mütter Discountersocken und pinke Parkas von Target. Aber solche Momente ließen Adas Abneigung gegen Walt derartig anwachsen, dass sie plante, nach Hause zu fahren, zu packen und zu ihm zu gehen, der so weit weg war. Sie tat es nie, auch, weil sie nicht konnte. Die Anwältin hatte es ihr erklärt, die Scheidung war nur in Buffalo möglich, wegen der Tochter. Seitdem fühlte Ada sich gefangener denn je. Der Tag, an dem sie ohne Walts Wissen in die Kanzlei gegangen war, war heiß und staubig gewesen und sie hatte vor der eleganten Frau im Kostüm gesessen und geweint, immer nur geweint. Sein Dramolett nannte er sie manchmal gutmütig am Telefon.

Kurz nachdem sie hierhergekommen waren, hatte Ada eine Fehlgeburt. Das Kind, das kein Kind werden würde, war von ihm. Zumindest glaubte sie, dass sie eine Fehlgeburt hatte, denn die blutigen Stücke, die plötzlich aus ihr herauskamen, waren anders als sonst, der Schmerz auch. Das Ganze dauerte einen Tag und es war furchtbar anstrengend, vor Walt und der Tochter so zu tun, als sei alles in Ordnung. Zum Weinen ging sie auf die Toilette, und wenn das Schluchzen aufgehört hatte, wartete sie noch etwas, damit man es ihr nicht so ansah. Nachts auf der Notaufnahme war der Arzt dick und beruhigend, das Licht im Raum sehr gelb. Richtig untersuchen konnte er sie nicht, denn das hätte mehr Geld gekostet und Ada hatte nicht viel in bar dabei. Ob sie nicht versichert sei, hatte der Arzt vorsichtig gefragt. Nein, log sie, denn sie fürchtete die Versicherungsabrechnung in der Post. Sie wollte ihm von der Fehlgeburt erzählen und versuchte es am Telefon, aber sie blieb so vage und schamhaft, dass er sie vielleicht nicht richtig verstand.

Manchmal, wenn er ihr Nachrichten schickte, tat seine Abwesenheit so weh, dass sie nicht antworten konnte und das Handy weglegte. Es blinkte noch ein paarmal auf dem Bildschirm, hörte dann auf. Auch als Ada Walt verlassen hatte, war er da für sie und zahlte ihre Rechnungen und wollte nie etwas dafür, nicht einmal Sex, obwohl sie es ihm anbot. Du weißt ja, ich komme eh nicht, sagte er dann und lächelte leicht und sie wurde wütend, es verletzte sie. Sie hatte nie etwas Schöneres gesehen als seinen Körper. Wenn er nicht in ihr kam, eigentlich war das in den zwei Jahren, die ihre Affäre gedauert hatte, nur drei- oder viermal geschehen, dann fühlte sie sich hässlich. Er bezeichnete sich als spießig und vielleicht war es genau das, was sie an ihm liebte, die Hose mit dem Gürtel, die flache Brille, die zwanghaft akkurat zugeknöpfte Jacke, all das.

Als sie sich gerade erst kennengelernt hatten, verbrachten sie zum ersten Mal die Nacht miteinander in einem sehr teuren Hotel auf der Upper East Side, das nicht zu seinem feinen, leisen Stil passte. Irgendwann hatte Ada vor Schuldgefühlen Walt und dem Kind gegenüber, das noch so klein war, zu weinen begonnen. Er hatte sie ratlos und auch leicht verärgert angesehen, sie war dramatisch davongerauscht und im Pelzmantel auf die Straße gegangen, um zu rauchen. Er war ihr nicht nachgegangen. Als sie aber wieder aufs Zimmer kam, hatte er sie umarmt und bis zum Morgen nicht mehr losgelassen.

Ein anderes Mal begleitete sie ihn als seine »Frau« auf eine Dienstreise nach Potsdam. Sie kamen bei Nacht an, wieder hatte er ein feines Hotel gefunden, damit sie sich nicht langweilte. Im reservierten Konferenzraum trafen sich »die Herren« für das Geschäft und Ada, als einzige mitreisende »Ehefrau«, durfte nicht dabei sein. Nach dem Treffen ging er mit »den Herren« irgendwo in der Stadt essen. Im Hotel setzte man die zurückgebliebene

Ada an einen Einzeltisch in einen sonst leeren Saal (nicht ins Restaurant zu den Gästen in Begleitung) und dort übte sie zunächst brav ägyptische Hieroglyphen, aß und trank Wein. Dann wuchs in ihr irgendeine komische Wut auf ihn, der ohne sie Spaß hatte, und sie ging zur Rezeptionistin und teilte ihr mit, dass sie ausziehe. Ada wechselte in ein anderes Hotel auf der gegenüberliegenden Straßenseite, machte aber einen Umweg, streifte um die Häuser und stellte sich vor, dass er sie in den dunklen Straßen suchen käme. Er kam nicht. Sie ging auf ihr Zimmer und wartete. Die Rezeptionistin raunte ihm beim Kartenspiel zu, Ihre Frau ist ausgezogen; er stand seufzend auf, überquerte die Straße und sagte, komm doch zurück. Sie wollte nicht und er ging wieder in sein Hotel.

Ada hatte ihn schon lange nicht mehr gesehen, genau genommen sah sie immer weniger Menschen. Manchmal ging sie freitagabends in die Synagoge, aber die niedrigen Decken des Flachbaus und die feucht gekämmten Haare des Rabbi deprimierten sie. Nach wie vor wollte er, dass sie Walt verließ und zu ihm kam mit der kleinen Tochter, und sie liebte ihn so sehr dafür, dass er sie mit warmen, offenen Armen in sein Leben hineinholen wollte.

Doch sie blieb in Buffalo; er nannte sie feige, sie fand sich mutig. Während im folgenden Winter draußen leise der Schnee fiel, auf austernfarbene Autoreihen, auf Mülltonnen und auf das Gebäude der Feuerwehr, starb nebenan die alte Mrs. Bridge in ihrem alten Lincoln. Sie war auf dem Weg in die Mall, das Auto blieb an einer ungünstigen Stelle in der Garageneinfahrt stecken, sodass sich die Türen rechts und links nur ein paar Zentimeter weit öffnen ließen. Mrs. Bridge klopfte einige Male zaghaft mit dem Schlüssel von innen gegen die Windschutzscheibe und rief, hallo, ist da jemand. Doch sie konnte nicht ausmachen, ob das leise knackende Geräusch eine ferne Stimme oder der Schnee an der Scheibe war.

Als Adas zweiter Frühling in Buffalo kam, brachte sie alle Kleider weg, die sie mit ihm getragen hatte. Sie erschienen ihr zu schwarz, zu kurz, manche kniffen inzwischen am Bauch. Auch wollte sie mit Walt zusammen sein, der kleinen Tochter zuliebe. So dachte sie sich das. Jeden Morgen stand sie lange am Fenster und sah auf die Straße hinaus, schaute dem Schulbus nach. Danach ging sie wieder ins Bett und lauschte den Nicht-Geräuschen ihrer Umgebung. Manchmal stritten die Nachbarn, irgendwo ging jeden Tag derselbe Autoalarm los. Es wurde Sommer und Walt baute einen Pool. Sie schwamm so gerne, dachte er und er wollte sie wieder froh sehen. Und Ada wurde froher, das warme Wetter ließ ihr Gesicht aufblühen. Sie schwamm morgens schon, wenn alle noch schliefen, trieb wie eine Teichrose auf dem Rücken im Wasser und schaute in den Himmel hinauf. Sie fühlte sich frei und im Wasser sah ihre Haut blass und meliert aus wie eine Tasse.

In einer Julinacht schüttete der Mond cremiges Licht auf Ada, die am Poolrand saß. Komm zu mir, sagte er ein allerletztes Mal. Vielleicht, antwortete sie und wusste, dass es nicht stimmte. Sie schaltete das Telefon ab, weil Walt sie hereinrief.

Eierschalenrot

Zürich, klar und hell wie der Kiel eines Motorboots, lässt sie schweben, irgendwo zwischen Wasser und Schnee. An ihrem dritten Nachmittag eilt ihr ein Mann entgegen, groß und schlank. »Kenne ich Sie nicht?«, murmelt er mit ausgestreckter Hand und blickt in ihren Ausschnitt.

»Nein, leider nicht.«

Er zögert. »Auf jeden Fall, willkommen bei uns.«

Er geht.

Am frühen Abend steht sie am See. Vor ihr wabern die lupinenblauen Silhouetten kleiner Boote, hinter ihr das Stimmengemurmel und Gläserklirren des Restaurants Seerose. Der See liegt in einer Art Talmulde, umarmt vom Häusermeer der Stadt, dann kommen Wiesenhänge und dahinter sanft geschwungene Berglinien.

Der in der Nähe des Seeufers gelegene Sukkulentengarten erinnert sie an das fahlgrelle Morgenlicht kalifornischer Winter. Die knotigen, flach am Boden wachsenden Pflanzen hatten dort die Hysterie von Vogelgeschrei, hier in Zürich haben sie den Klang metallener Maikäfer. Tagsüber betrachtet sie Glyzinien, isst Kressebrot, bewundert die tönerne Leere der Wasserkirche, das pillenförmige Sonnengelb des Chagallfensters im Fraumünster; an diesem Feiertag ist der Parkplatz davor leer, das Limmatwasser tintig. In der Kirche herrscht dunstiges Leuchten, wie durch einen Vorhang aus Gaze, Besucherraunen, kleine Singtöne erklingen von irgendwoher, vielleicht ist es der Chor. Sie riecht Weihrauchduft, Amber, etwas Moschus.

Am Abend trifft sie ihn im Hotel Dolder. Auf der Terrasse mit Blick auf die Stadt fühlt sie sich wie unter den flachen Blättern eines Feigenbaums oberhalb einer Schneise voller Lichter. Drinnen im violetten Licht der Bar wird ihr Wein zu schwarzem Raureif, die Fingernägel leuchten, als seien sie weiß lackiert. Am Nebentisch sitzt eine Frau im Taftkleid. »Ich weiß nicht, was du meinst«, sagt sie. Der Mann, der ihr gegenübersitzt, schweigt, beobachtet sie beim Aufstehen. Im Weggehen streift die Frau noch den Kettenvorhang am Tresen. Ein hohles Klirren, das dabei ertönt, stellt sie sich als das Lachen von Dürrenmatts alter Dame vor.

Mit ihm ist sie sprachlos. Er will sie zu sehr. »Ich gebe dir Zeit bis Montag«, sagt er. »Hüftlinien können auch woanders verlaufen als an dir.«

Über den Eisgin mit Basilikum hinweg sagt sie: »Ja, ich will dich, aber noch nicht jetzt«, und zieht ihre Hand unter seiner weg.

Er lehnt sich zurück. In seinem Mund entrollt sich das trockene Lachen zu langer Nächte. »Wir sind verloren«, sagt er, als sie aufsteht. Seine Worte hallen kalt hinter ihr den Flur entlang, als sie, ohne sich umzuschauen, die Erinnerung an ihn in einen Plastikbecher fallen lässt.

Draußen ist es sommerkühl. Sie nimmt ein Taxi hinunter in die Stadt. Nicht weit von der Oper, etwas oberhalb des Bellevues, liegt die Kronenhalle mit einer kleinen Bar daneben; heute Nacht sitzt dort nur ein einsamer Mann am Tresen, Shorts, Turnschuhe, in einer Ecke außerdem ein schwarz gekleidetes Paar, das leise redet, ansonsten vergisst sie sich im klaren Würfelwurf holunderfarbener Stille. Auf dem Heimweg kehrt sie in einem Dönerladen an der Bäckeranlage ein. Die Inhaberin serviert noch weit nach Mitternacht Huhn mit Kartoffeln aus dem Ofen. Um sie herum glimmt das Rotlichtviertel der Stadt, der Blick der Menschen ist parfümiert und hell.

Als er sie zum letzten Mal sieht, liegt sie nackt auf dem Bauch im Bett. Fliegen malen Flecken auf die Gardine hinter ihr. Er wendet sich zum Gehen und sie erstickt in ihrer Kehle das zu einem Nichts gekrümmte Wort. »Ich gehe«, sagt er. Und sein Lachen aus dunklem Licht bricht sie innerlich entzwei und hinterlässt auf ihrem schmalen Arm einen Abdruck aus Stein.

Sie schon wieder

Sie hasste das Meer. Die schwarze Tiefe. Fische. Aber sie liebte ihren Pool. Das Wasser war klar und beherrschbar, willig. Blanca klappte die Zeitschrift zu, die zu Boden fiel. Vor ihren Augen flimmerte kalte Julihitze. Genervt starrte sie das Drehbuch neben ihr auf der Liege an, das sie auswendig kannte, jeden einzelnen tranigen Satz darin. Sie nippte an ihrem Glas Gin. Zehn Uhr in der Früh und sie hatte die ganze Nacht keine Minute geschlafen. Nix. Trotz Schlafmittel und obwohl sie wach gelegen und in die Dunkelheit hineingerufen hatte: »Wirk schon, du Scheißding, verdammt noch mal!«

Sie ging ins Wohnzimmer. Auf dem Esstisch lagen umgefallene Weingläser und Teller, an denen braune Reste klebten. »Da hamse wohl Pastete gegessen«, murmelte Blanca. Richtig! Jesus! Gestern war ja ihr Hochzeitstag gewesen. Sie und Harry hatten hier gegessen. Blanca kicherte trocken. Wahrscheinlich hatte Harry – wo steckte der Arsch überhaupt? – ihr vom Kopf der Tafel aus eine seiner muffig gewordenen Liebeserklärungen gemacht. Fünfundvierzig Jahre alt. Eine Träne der Rührung wollte sich ihren Weg durch die Fettcreme auf Blancas Wange bahnen, blieb jedoch am unteren Lid hängen und fiel von dort ins Nichts. Und jetzt rächte Harry sich für seine Nettigkeit vom Vorabend, indem er nicht zu Hause war. Vielleicht war er bei dem Flittchen, das von Nahem Gott sei Dank nicht so jung aussah wie aus der Distanz. Sprach verdammtes Französisch. Schlampe. Das machte sie noch lange nicht zur Künstlerin. Im Übrigen auch nicht das lächerliche Artikelchen im *Hollywood Reporter*. Nebenrolle blieb Nebenrolle. Blanca dagegen hatte zwei Oscars gewonnen, ihre Gagen reichten dicke für ein Haus in Beverly Hills mit zwei Pools, innen und außen, und für den Maybach in der Garage. Und Harry fiel nichts Besseres ein, als mit dem Flittchen abzurauschen, der Titte, der Tittelflitte. Im Bad lachte Blanca ihr Spiegelbild an. Gott, war sie müde. Müde und wach zugleich, dank der Pillen. Sie schluckte drei verschiedene, seit sie Ende zwanzig war. Die lila Pillen hielten sie schlank, aber sie machten ihr auch Schwindel. Die roten halfen ihr zu schlafen, sollten es zumindest, verflucht noch mal. Und die grünen, klein und oval wie Kiesel – »Mariensteine«, sagte ihre schwatzsüchtige deutsche Ärztin mit einem Zwinkern, »aus der Ahr, verstehen Sie, das ist ein Fluss bei uns« –, die grünen sollten sie wach machen.

Blanca lehnte sich schwer gegen den Waschbeckenrand. Netflix. Diese stinkende Scheiße. Dieser verdammte rote Fick von einer Produktionsfirma. Beeindruckte sie nicht, im Gegensatz zu den anderen Deppen hier in Los Angeles. Studios ließen langjährige Schauspieler fallen, vergaben keine soliden Deals mehr aus Angst vor Netflix, alle biederten sich nun an. Und was kriegten sie? Verträge für ein paar Wochen vor der Kamera hier und da und dann aus, wieder weg vom Fenster. Hatte sie ein Glück. Na sicher, die waren ihr immer geradezu hinterhergerannt, um sie für den einen oder anderen Film zu bekommen. Blanca hatte sogar Filme ausschlagen müssen. Die Bude eingerannt hatten sie ihr. Und warum? Wer war sie? Zuerst mal war sie Europäerin. Ihre Eltern waren Italiener, Sizilianer, der Vater hatte bei Stollwerck in Köln in der Schokoladenproduktion gearbeitet. Sie war ein Einzelkind, »unser Goldenes«, hatten die Eltern zu ihr gesagt. Und tatsächlich, anders als die Eltern, die dunkle Locken hatten, und anders als die dummen Flittchen in Hollywood war Blanca blond und nicht gefärbt. Klug war sie. Gebildet. Self-made, wie sie das hier nannten. Von wegen reiche Familie und dann, hops, mal im Film vorbeigeschaut. Nope, wie sie hier sagten. No way. Deutsche Studienstiftung, dann DAAD, ab nach Amerika. Sogar einen verdammten Doktortitel hatte sie an der New School in New York gemacht. Medienwissenschaften. Dafür war sie nach Amerika gekommen und prompt hatte sie sich schon im ersten Semester in Harry, den dummen Schwanz, verliebt. Da war er noch ein schlaksiger, feinsinniger Student gewesen, nicht ihr Möchtegern-Agent und Anwalt. Hatte noch nicht alles gefickt, was Möse oder Arschloch hatte. Der letzte kleine Schrumpelafter genügte ihm. Jedenfalls, plötzlich war sie, Blanca, zum Talent avanciert. Auf einer Gartenparty von Harrys Schwester in Long Island war sie von einer Gleichaltrigen entdeckt worden, die am Buffet stand und Blanca musterte, wie sie Essen in sich hineinschaufelte. In der einen Hand hatte die Frau einen winzigen Blini mit Kaviar, in der anderen ein Glas Sekt gehalten. Selten hatte sie einer Frau so ähnlich gesehen wie Rose aus L. A., nur dass Blanca groß, blond und schlank war und Rose groß, blond und *dick*. Als hätte Rose es so geplant, wurde Blanca an ihrer Stelle zum Star. In ihrem ersten Film, einer Romanverfilmung, ging es darum, dass ein alter Bühnenschauspieler sich in einen Mann verliebt, der sich als Frau ausgibt. Diesen Mann hatte sie gespielt, Blanca.

Verträumt schaute Blanca das Döschen mit den lila Pillen an. Die liebte sie am meisten. Schlank und rank und schön. Danke euch. Danke. Aber wo zur Hölle steckte Harry? Bei dem Flittchen. In dem Flittchen. Oder in irgendeinem anderen. Blanca brauchte ihn aber. Er musste sie wach machen für die Probe. Ihr zeigen, wie dieser eine Schritt ging. Es war echt zu schwierig, was die von ihr verlangten, zu tanzen wie die verdammte Kaiserin Sissi. Blanca atmete tief durch und bleckte die Zähne. Schön war sie, das wusste sie. Höchstens etwas verbraucht. Sie sehe aus wie Jane Fonda, sagten Freunde, nur mit einem größeren Lächeln, volleren Lippen. Zu dick sei sie, sagte ihr Produzent und schnalzte mitfühlend mit der Zunge. Und es stimmte ja, die Filmroben kniffen neuerdings am Bauch. Also hatte Blanca die Dosis der lila Pillen erhöht und ihr war schwindliger denn je, selbst in der Nacht. Vielleicht konnte sie deshalb nicht schlafen. Wo war denn jetzt Harry? Auf der Arbeit. Harry war kein Agent mehr, sondern nur noch Anwalt. Ein mittelmäßiger Anwalt in einem halbwegs gut sitzenden Anzug. Den hatte Blanca ihm gekauft, wie alle seine Anzüge, selbst die Unterhosen kaufte sie ihm, Himmel noch mal. Und Harry? Kein Wort des Dankes. Er kochte noch nicht mal was für sie. Nie. Stattdessen bestellte er mit ihrer Kreditkarte Fischbrötchen und Lebergeschnetzeltes bei Cantor's Deli und Gerichte von drüben, vom Chateau Marmont, alles, was er wollte, Wagyu-Rindersteak, Moules Frites, Fattoush, sogar, war es zu glauben, gerührte Cocktails. Im Marmont hatte Blanca früher getanzt, langsam und elegant, an der Decke Lüster, Palmen in Kübeln, livrierte Diener, nun war es ein Privatclub für all die jungen Arschlöcher aus Hollywood, B-Prominenz. Selbst aus der gottverdammten Downtown ließ Harry sich Essen herkarren, Markknochen mit geröstetem Brot, Fischtacos, Caesar Salad, alles kam pappig in Beverly Hills an, aber Harry juckte das nicht. War ja nicht sein Geld. Nichts juckte ihn, er sah Blanca immer nur bekümmert an und ging dann ins Büro. Wo er jetzt bestimmt gerade das Flittchen fickte, quer über den Tisch wie in alten Filmen. Alte Filme, wie sie einer war. Ha!

Blanca schaute auf die Uhr. Schon fast elf, bald Mittag. Nachts wach, tagsüber im Halbschlaf, lächerlich. Auf ihrem Handy blinkte es, aber nicht Harry rief an, sondern die junge Reporterin, mit der sie vielleicht wirklich einmal sprechen sollte. Warum auch nicht. Blanca grapschte nach dem Telefon und rannte barfuß die Marmortreppe hinunter. Draußen blendete der Pool. Juan, der Gärtner, fischte gelangweilt und schläfrig ein paar Blätter aus dem Wasser. Den Anruf hatte sie verpasst. Sollte sie kurz reinspringen? Unter ihrem Kleid trug sie den Badeanzug, fast immer hatte sie ihn an, selbst in der Nacht vergaß sie manchmal, ihn auszuziehen. Sie besaß einen ganzen bekloppten Kleiderschrank voll Badeanzüge, Bikinis, Flipflops, Sonnenhüte, dicke, flauschige, mit Goldfäden durchwebte Handtücher, aber sie hasste das Meer. Hasste es. Sie trug das ganze Zeug immer nur am Pool, glamourös und dramatisch und für sich allein.

Blanca schwamm jeden Tag, liebte schwimmen. Sie ließ sich auf dem Rücken im Wasser treiben, in ihrem Sarkophag aus perlmuttgrünem und delfinblauem Stein, wurde Himmel und Wasser zugleich, wurde zur schwerelosen Amphibie; die Geräusche der Welt klangen im Pool, wenn ihre Ohren unter der Wasseroberfläche lagen, weich, so als würde ein Orchester im Krabbenkostüm hier unten auf dem Beckenboden Musik machen. Und zwar nur für sie allein. Für Blanca und die Pillen. Sonst war ja nie jemand hier. Nie. Nur die Angestellten und am Abend Harry. Wo *steckte* der nur? Er ging nicht ans Telefon. Er vögelte wieder rum, Blanca wusste es einfach. Sie nippte an ihrem Glas. Leer. Wie ihr Kopf. Watte im Kopf. War ja klar.

Im Haus war alles dunkel, abgedunkelt, massive Jalousien, dicke Vorhänge. Weil sie noch die Sonnengrelle in den Augen hatte, stieß Blanca sich das Knie am Sofatisch. Taumelnd stolperte sie gegen die Wand. Wie sie diese Möbel, *ihre* verdammten Möbel hasste. *Sie* hatte sie gekauft, den braungoldenen Unsinn, als ob sie bei den J. R. Ewings wären, irgendwo in Dallas, wo Harry herkam. Blanca schnappte sich ihr Glas vom Sofatisch und prostete sich als versoffene Sue Ellen höhnisch zu. Kein Wunder, Harry, der Nichtsnutz, hatte ihr die verfluchten Möbel angedreht, ausgerechnet an dem Tag, an dem sie ihn zum ersten Mal erwischt hatte, nicht mit einer Frau, mit einem Mann. Das alte Arschloch hatte ihr Harry wegnehmen wollen. Zitternd hatte Harry dagestanden mit heruntergelassener Hose, hatte mit rotem Gesicht geweint und war ihr nachgelaufen, als sie aus seinem Büro stürmte. Aus seinem kleinen Büro-Kabuff auf dem Hollywood Boulevard. Am nächsten Morgen hatte er mit Blumen an der Tür ihres 10-Zimmer-Bungalows in Beverly Hills gestanden, läppische kleine Primeln hatte er ihr gebracht, und wieder zu flennen angefangen. Er wolle nun eine liebevollere Ehe führen, ja, endlich, er sei nicht gut zu ihr gewesen, das wisse er. Rotz lief sein Kinn hinab. Er wolle doch nur ... er fühle sich unmännlich bei ihr, mit ihrem Erfolg, dem ganzen Geld, es sei so schwer, ein richtiger Mann zu sein neben ihr. Daher der Ausrutscher gestern. Es sei das erste und das letzte Mal gewesen, schwor er. Und sie? Dumme Nuss, die sie war, vergab sie ihm. Nicht nur das: Noch am selben Tag schleppte er sie auf die Melrose Avenue und sie kaufte all die scheußlichen Möbel, bezahlte mit ihrer Kreditkarte und himmelte ihn dabei auch noch dankbar an.

Und jetzt? Er ging immer noch nicht ans Telefon. »Klientengespräch« würde er es später nennen. Blanca goss das Glas bis zum Rand mit Gin voll. Hinter ihrem Gesicht, das sich in der verglasten Bartür spiegelte, sah sie Licht von der Treppe heraufleuchten, die in den Keller führte. Unten war der Innenpool. Ein dunkles Scheißloch eigentlich, doch jetzt kamen Stimmen von dort. Blanca lehnte sich an die Bar und trank einen tiefen Schluck Gin. Wunderbar. Langsam wurde ihr Magen warm. Nur Hunger durfte sie keinen bekommen, sonst musste sie noch mehr lila Pillen nehmen, dann aber würde der Schwindel sie umhauen, und sie brauchte Kraft für die Probe, den Sissi-Tanz, der kein Sissi-Tanz war, sondern ein Walzer, der Hochzeitswalzer der Hauptfigur des Films. Es war die dritte Heirat einer alten Millionärin. Und Blanca spielte die Braut. Natürlich.

Wer zum Teufel war da unten in ihrem Pool? Die Stimmen wurden lauter. Es klang nach Harry. Harry!

Erfreut lief Blanca die Treppe hinunter und friemelte dabei am obersten Knopf ihres Kleides. Sie würde sich zu ihm ins Wasser stürzen, o ja. Da würde er aber Augen machen. In der Mitte der Treppe hielt Blanca inne. Gerade sprach Harry, richtig. Zu hören waren außerdem zwei Frauenstimmen.

»Nun kommt schon, ihr Schnecken, rein hier. Aber ohne Klamotten!«

»Harry, was ist, wenn sie uns hört?« Die Stimme klang tief und samtig französisch. Wie Waschbärfell.

»Die hört nix. Die dröhnt sich schon am Morgen voll.«

»Ich weiß nicht«, sagte die andere, schrillere Stimme. Amerikanisch. »Ich glaub, ich geh lieber. Das hier ist mir zu krank. Sie ist deine *Frau*, Harry.«

»Jetzt stellt euch doch nicht so an!« Zu hören war das Geräusch einer Faust, die auf die Wasseroberfläche klatschte. »Runter mit den Klamotten!«

Schwer stieg Blanca die Treppen wieder hinauf und ließ sich aufs Sofa plumpsen, das Glas fest umklammert. Weiber. Gleich zwei. Den alten Greis hatte sie verkraftet, er gab ihr Macht, denn sie konnte Harry als Schwuchtel beschimpfen, als Perversen. Aber Frauen. Junge, schöne Frauen. Sie stand auf und taumelte hinaus zur Gartenliege. Der helle Pool, der grelle Himmel, wie sie das alles liebte. Dumpf legte sie sich auf das weiche Polster und setzte die Sonnenbrille auf. Das Haus. Es war ihr Haus, sie hatte es bezahlt, jeden vermaledeiten Cent, aber sie hatte es anteilig Harry überschrieben.

Wofür zahlte Harry überhaupt? Den Gärtner. Das war's. Obwohl er längst nicht mehr der miese kleine Anwalt in West Hollywood war. Nur noch der mittelmiese. Blanca lachte bitter auf. Selbst seine Aufträge hatte sie ihm verschafft, er war mittlerweile spezialisiert auf Urheberrechte und damit sogar einigermaßen erfolgreich. Und was hatte sie? Die Pillen. Rot, grün, lila. Das Studio. Ihr Gesicht. Ihre Haare. Noch. Vielleicht war es ein Fehler gewesen, Harry die Hälfte ihres Besitzes zu überschreiben. In Blancas Magen begann es zu grummeln. Gott, wie schlecht ihr war. Sie verpasste dem Drehbuch, das noch immer auf der Liege lag, einen Tritt und ein paar Seiten segelten in den Pool. Die Hand um den Hals der Ginflasche gekrallt, stapfte Blanca zurück ins Haus und die Treppe hinunter.

»Na, habt ihr Spaß? Plantscht ihr gut?« Die Frauen, beide inzwischen im Wasser, quietschten bei ihrem Anblick, den abstehenden Lockenwicklern, den Wulsten Fettcreme im Gesicht, dem Kleid mit dem Ginfleck drauf, und flohen zu Harry, versuchten, sich an seine Arme zu krallen, Schlampen, die sie waren. Der sah die ganze Zeit nur Blanca an und drängte die Frauen hinter sich, wo sie wie zwei ratlose Seehunde trieben. »Du schützt sie? Du schützt die Schlampen? Vor wem? Vor mir, in *meinem* Pool?« Blanca trat die drei auf dem Beckenrand abgestellten Cocktailgläser ins Wasser, während die beiden Frauen ans äußerste Ende des Beckens schwammen und sich gegenseitig hinaushalfen. Immerhin eine von ihnen trug einen Bikini. »Ihr wisst, dass er Männer fickt, nicht wahr? Er steht nicht auf Titten, tut nur so.« Die Frauen rannten hinter Blanca die Treppen hoch. Langsam stieg Harry aus dem Wasser.

»Na, Schwuchtel, wie ist das Wasser?« Sie war wach, hellwach. Danke, grüne Göttin.

Er grinste schmal. »Nun, wen hast du denn hier wegrennen sehen? Die sahen mir ziemlich nach Frau aus.«

»Fick dich, Harry. Geh deine Koffer packen.«

Harry sah sie müde an. »Weißt du, es ist immer dasselbe Gespräch mit dir. Ich bin nicht schwul. Ich brauche auch dein Geld nicht so sehr, wie du denkst. Ich hätte damals für uns sorgen können, es hätte locker gereicht für West Hollywood. Wir hätten Kinder haben können. Aber du wolltest das alles nicht. Du wolltest ein Star werden. Warum mussten es Zehnjahresverträge sein? Hätten drei Jahre nicht gereicht und dann mal sehen?«

Blanca trat ganz nah an ihn heran. »Du stehst hier allen Ernstes mit deinem baumelnden Schwanz, der eben noch woanders reinwollte, und hältst mir einen Vortrag?«

Lässig legte Harry sich seinen Morgenmantel um. Den seidenen, den Blanca ihm gekauft hatte. Natürlich. Vorne stand er ein Stück offen, Harrys Brusthaar kräuselte sich. Wie schön er war. Sie wollte ihn noch. Nach all den Jahren wollte sie ihn noch. »Harry, warte.« Sie versuchte, sich an ihn zu schmiegen, doch Harry schüttelte den Kopf. Er ging nach oben, duschen. Wo die Schlampen waren, wusste Blanca nicht. Wahrscheinlich hatten sie sich irgendwo im Haus versteckt. In seinem Haus, wie Harry ihnen bestimmt gesagt hatte. Sein Haus.

Blanca hastete die Treppen hinauf und ging nach draußen, an den Pool. Hier stand sie, bis sie Harrys Auto wegfahren hörte. Laute, empörte Frauenstimmen drangen aus den heruntergelassenen Fenstern. Blanca war nun wach, war noch nie so wach gewesen. Und noch nie so müde. Die Probe! Sie musste hin. Der Vertrag, das Geld. Der Ruhm. Sie war noch nicht alt, nein. Sie war der Knaller. Blanca war so schwindelig, dass sie sich auf dem Weg in die Küche an den Wänden abstützen musste. Sie riss den Kühlschrank auf und grapschte ein Glas Leberpastete, aß mit den Fingern, braune Schmiere auf der Wange. Fickt euch doch alle! Wie gut das tat. Endlich kein Hungergefühl mehr. Und jetzt für die Probe schick machen. Die würden schauen, ha. Oben im Ankleidezimmer zog sie vor dem Spiegel den Bauch ein. Grundgütiger, wie sie aussah. Wie Shrek. Die Creme, die Haare, die Leberschmiere. Nun, sie war ja auch ein Star, seit Jahrzehnten. Das sollten die jungen Dinger ihr mal nachmachen, all die Masken, Kostüme, Lockenstäbe und Glätteisen, den ganzen Tag mit verkleisterter Haut vor der Kamera, das permanente Hungergefühl im Magen. Davon erholte sich die Schönheit so schnell nicht. Zu Hause konnte Blanca nicht auch noch Madonna spielen. Zur Hölle mit Harry. Sie würde sich scheiden lassen, jawohl. Wo waren denn all die schönen Kleider, die von damals? Blanca wühlte in Schubladen, fummelte an Kleiderbügeln herum, zerrte einen blauen Fetzen hervor. Das müsste doch noch passen. Ja, gar nicht schlecht, geht doch. Sie drehte sich sachte vor dem Spiegel. Harry würde in eine Scheidung nie einwilligen. Oder doch? Mal sehen. Gott sei Dank war sie beim Ehevertrag nicht ganz so doof gewesen wie mit dem Haus und hatte auf einer Klausel bestanden, die ihr im Falle einer Scheidung den Arsch retten würde. Harry verpflichtete sich darin zu einem Trennungsjahr, während dessen er weiter als ihr Mann auftreten musste. Auf dem roten Teppich. Auf Galas. Auf jedem bekloppten Paparazzi-Bild würde er neben ihr stehen und lächeln müssen. Sie würde sich so Zeit kaufen, Zeit für neue Rollen, neue Verträge. Das würde sie doch schaffen, oder? »Du schaffst das, du Scheißkuh!«, rief sie ihrem Spiegelbild zu.

Zugenäht

Er ist noch nicht einmal zwei Wochen zu Hause und schon hat er es erneut satt. Nur wenig im Gesicht des schmalen Mannes verrät die matte Missbilligung, mit der er seine Mutter Elisabeth über den Gartentisch hinweg ansieht. Sie ist über sechzig, er dreiundvierzig und sie leben zusammen. Er liest gerade, schreibt Notizen, doch sie niest und das reißt ihn aus seinen Gedanken. Heute – eher damals, denn es ist das Jahr 1922 und Alfred ist unlängst aus Indien zurückgekehrt, wo er als Privatsekretär eines Provinzgouverneurs gearbeitet hat –, heute also ist das Wetter mintgrün und sommerlich, die Fenster stehen offen, es riecht nach Teerosen, man hört Seitenknistern und Eiswürfel in Whiskygläsern. Doch Alfred vermisst die Schrillheit Indiens, die Farben, die Elefantentore und die Fenster aus gewobenem Gras. Er denkt an die Frau, die er heiraten wollte und von der er niemandem erzählt hat, denn sie wird bald sterben. Dann steht Alfred, der eigentlich Schriftsteller ist und nicht Sekretär, auf. Den Brief, den er soeben erhalten hat, will er alleine lesen, ohne seine Mutter:

»Lieber Alfred
Danke für das Geld, das du mir geschickt hast.
Ich fühle mich sehr schwach.
Wie geht es dir, bald schreibe ich wieder.
Ich denke an dich
Ich denke an dich«

Amba, die junge Frau aus Indien, mit der er im Vorzimmer des Provinzgouverneurs auf einem Tigerfell seinen ersten Sex hatte und die an Tuberkulose sterben wird, hat den Brief nicht unterschrieben. Das ist angemessen, denkt Alfred, als er, wieder auf dem Rasen hinter dem Haus angekommen, den zusammengefalteten Brief in die Hemdtasche steckt, Gesicht und Gefühle vor der Mutter verbirgt. Ja, das hier ist das schlimmste Heimkommen seines Lebens. England ist eng, blass und gleichgültig, er fühlt eine Schreibblockade nahen. Vorhin auf dem Heimweg ist ihm die berühmte Autorin mit der großen Nase und den hängenden Augen entgegengekommen, die in der Nähe lebt; sie beide gehören der Woolrich-Autorengruppe an. An ihren Augen hat er ablesen können, dass sie seinen depressiven Anblick unerträglich fand.

Alfred packt plötzlich die Angst, dass Elisabeth ewig leben wird. Diese Einsamkeit. Vielleicht wird er für immer alleine bleiben, der ewige Junggeselle, nur mit seiner Mutter, die eine Glucke ist, herrisch, und immerzu jammert. Sie hat ihn zu einem Schwächling herangezogen und er hasst sie dafür. Wegen ihr, ihrer ganzen fatalen Existenz, kann er nicht oder nur sehr beschwerlich mit Frauen schlafen.

In der Schule trug Alfred den Spitznamen »Maus« und aus der Schulzeit stammt auch eine besonders unschöne Erinnerung an eine Szene in der Sportumkleide, an die Verhöhnung seines Genitals als »fieses, kleines braunes Ding« durch einen anderen Jungen, Robert, der von allen am schnellsten rennen konnte. Natürlich.

Sobald Alfred die Universität nur ansatzweise abgeschlossen hatte, begann er zu reisen. Erst in England, dann immer weiter weg. Er lernte oft einfache Frauen kennen, die arm waren und ungebildet, das mochte er. Kellnerinnen, Zimmermädchen. Sie schauten zu ihm auf. Auch Amba, die Haushälterin des britischen Provinzgouverneurs. Sie war zweiundzwanzig. Alfred legte zum Anlass ihres Zusammenseins die indische Tunika ab, die er der Exotik wegen trug, zog europäische Kleidung an und schlug sie beim Sex. Am Abend nach dem ersten Mal schrieb er in sein Tagebuch: »Ich habe es gemacht. Endlich. Sie ist schön und braun. Aber ich wollte ihr wehtun. Ich wurde zum Despoten.« Es war das einzige Mal, dass Alfred seinem Tagebuch etwas wirklich Intimes anvertraute.

Wen hat er mehr gewollt? Amba oder den, dessen Namen er noch nicht einmal im Stillen sagt, höchstens fühlt, als einen inneren Blick? Träumende, nicht bohrende Augen. Sie schauten von einem Buch zu ihm auf, ausgerechnet ein Buch, denkt Alfred bitter. Nie mehr wird er schreiben. Der Besitzer der Augen saß im grünen Zimmer des Herrenclubs, in den Alfred gelegentlich ging. Neben ihm ein Glas Wasser. Wasser, dachte Alfred erschreckt. Nicht Whisky. Ein weißer Flanell-Mantel, feine Wangenknochen. Am anderen Ende des grünen Zimmers umringten ein paar Herren im Smoking den Pianisten, dessen Musik Alfred nicht ausstehen konnte. Schnell verließ er den Club. Sein rechtes Knie krampfte so, dass er sich auf dem Bürgersteig an einen Laternenpfahl lehnen musste. Er kannte kein Morgen und keinen Schmerz.

Langsam geht Alfred durch den Garten, an Beeten voll Schleierkraut und Strohblumen vorbei zurück zum Tisch, wo Elisabeth etwas über Rheumaschmerzen maunzt. Er lässt sich auf den Stuhl plumpsen und schreibt mit blassgrüner Tinte ein paar fast vergessene Worte an den Rand einer ordentlichen Seite. Er notiert, dass Worte Gedanken verhüllen. Schreibt er wirklich das? Warum schreibt er das? Alfred ist unauffällig wie eine schmale Goldkette, oft eher nachlässig gekleidet in etwas zu kurze Hosen, die Hemdsärmel durchgescheuert. Am glücklichsten war er in Cambridge als Student, als das Reisen gerade erst begann. Er schloss Freundschaften – meist mit alten Frauen oder homosexuellen Männern, manche davon Schriftsteller wie er. Alfred ist verklemmt und bescheiden. »Ach was, ich bin überhaupt kein guter Autor«, sagt er oft und errötet dabei, gilt allen als mild, großherzig und einsam.

Er steht unter einem Ginkgobaum. Diese Enge hier draußen, drinnen im Haus ebenso, eine Kakophonie aus Messing, Polster und Geschirr. Er denkt an einen Text, den er nie beendet hat und der oben in der Schublade seines Schreibtischs liegt: »Schneelandschaft«. Ein Mann, karg und gefroren wie er selbst, fällt vor einen Zug und wird in letzter Sekunde gerettet. Dort hat er den winzigen Satz zum ersten Mal verwendet, gleich am Anfang. Worte können auch Gefühle verhüllen wie eine Maske, oder nicht? Doch irgendwo unter der Eisschicht gibt es noch etwas anderes in ihm, den nagenden, zehrenden Willen zum Schönen, zur Freude an der Luft, den fast schon archaischen Drang zu einem besseren, aufregenderen Anderswo, das jenseits von Fenster, Hecke und Straße wartet, angedeutet in Titeln und Überschriften von Romanen, die er nie schreiben wird: Das kommende Leben, Die längste Reise, Das grüne Zimmer, Rückkehr zu M.

Alfred kennt es nicht anders, sich nie etwas anmerken lassen, Empfindungen fast immer für sich behalten. Manchmal allerdings platzt eine Naht und Alfreds Schmerz zeigt sich in irrationalen Entschlüssen wie der Indienreise. Nicht jedoch, als Amba ihn zurückwies.

»Ich wollte mit dir über etwas sprechen«, sagte sie zu ihm. Sie betrachtete die grünen Blätter über ihnen. »Ich habe nachgedacht. Wir können wirklich nicht heiraten.«

Alfreds Brust schmerzte. Er riss sich zusammen und sagte sanft: »Davon sprachen wir doch gar nie.«

Sie zögerte. »Wir können gerne darüber reden, wenn du magst.«

Alfred gab sich reserviert. »Ich glaube nicht, dass Diskussionen etwas bringen«, sagte er. »Entschuldige mich bitte, ich sehe, dass Sam das Wasser nicht gekühlt hat.« Steif und rasch neigte er den Oberkörper und eilte davon.

Als Amba ihm kurz vor seiner Abreise ihre Liebe zu einem anderen Mann gestand – einem armen, an ihr nicht interessierten Vagabunden –, kam große, weiche Erleichterung in ihn. So groß, dass er an diesem Abend besonders einsilbig in sein Tagebuch schrieb: »Langer, etwas merkwürdiger Tag. Das Moskitonetz klemmte, die Öllampe kleckerte. Früh zu Bett.«

Im Garten beginnt nun das Zwielicht, Alfred geht durch den schattigen Flur mit der dunklen Holztäfelung und den alten Teppichen und tritt noch einmal hinaus. Oben ist Elisabeth ins Bett gegangen und hat, wie immer, das Licht nicht ausgemacht. Alfreds Gesicht ist regungslos, als er sich schwer auf die Gartenbank setzt, darauf Pollenstaub, irgendwo das Zirpen einer Grille, das Geräusch eines vorbeifahrenden Automobils. Mit einer kurzen Handbewegung stößt Alfred den Aschenbecher von der Sitzbank.

Peg E.

Der Tag, an dem Peg Entwistle sich vom H des Hollywoodland-Schriftzugs oberhalb der Stadt stürzte und starb, war heiß und drückend. So heiß, dass es hinter ihrer Stirn eine Sekunde lang flackerte und etwas in ihr flüsterte, es zu lassen.

Manche Sterne fallen leise, manche laut und mit Feuerschweif. Vielleicht konnte der Wunsch zu sterben in Peg deshalb heranwachsen, weil es viele Schauspieler gab, die sie kannte und die sich das Leben nahmen, wenn ihr Gesicht oder ihre Bewegungen aus der Mode kamen. Da ergab es Sinn, dass sie es auch tat. Zwei oder drei Jahre vor ihrem Tod hatte Karl sich in die Schläfe geschossen. Jeanne nahm an einem Abend zu viel Heroin. Auch Mike erschoss sich, im weißen Schlafzimmer seiner Freundin Norma, die in einer Villa im Laurel Canyon lebte. Er lag nackt auf dem Teppich, vor dem großen Wandspiegel und schräg hinter einem Tischchen mit einem Strauß Blumen darauf. Kurz bevor Mike abdrückte, bestäubte er sich mit Normas Parfum. Als der Butler ihn fand, rief er nicht die Polizei, sondern das Studio an. Der Studioboss kam und fand Mikes Abschiedsbrief, den er einsteckte. Die Wahrheit war Hollywood vorbehalten, nicht der Polizei.

Am meisten bedrückte Peg der Tod ihres Freundes Lou, der nach einer Gesichtsverbrennung schon fast in Vergessenheit geraten war. An einem Weihnachtsabend ging er ins Bad. Er schminkte sich, wie er sich früher geschminkt hatte. Dunkle Wangen, rotbraune Lippen, Kajal auf den Lidern. Dann stach er sich mit einer goldenen Schere ins Herz, erst einmal, dann noch einmal, immer wieder. Auf der Schere war sein Name eingraviert. Mit ihr hatte er früher so gerne sein Gesicht aus Magazinen ausgeschnitten.

Es gab auch Sterne, die sich ertränkten, in Pools, in Malibu im Pazifik oder im Los Angeles River. Peg ertrank nicht. Peg fiel. Sie stieg in ihrem schönsten Kleid, dem braunen Mantel und den hochhackigen Schuhen zum Hollywoodland-Schild hinauf. Von ihrem Bungalow aus war es ein beschwerlicher Weg. Peg hatte kein Geld mehr für ein Taxi. Und sie schwitzte. Wie immer.

Pegs Mutter hatte sie nicht gewollt und blieb in London, als der Vater mit der Siebenjährigen nach New York ging, in die Stadt der Lichter, rotierend, glühend und hell. Am hellsten Ort der Stadt, auf dem Broadway, wurde Peg Bühnenschauspielerin. In dem Moment, in dem der Vater auf der Park Avenue von einem Lieferwagen überfahren wurde und starb, starb auch etwas in Peg, aber sie machte weiter und ihre Rollen wurden größer. Sie spielte das Schneewittchen in der Hauptrolle und die Rolle der Gina in Ibsens *Wildente*. Peg liebte den Broadway, die bunten Plakate, den feuchten

Asphalt, die Herbstblätter im Central Park. Und dann kam sie für erste kleine Rollen, die die Schauspielergilde ihr vermittelt hatte, nach L. A., ins Hollywoodland. Es war die Zeit, als für Peg die Realität noch vielversprechend und bunt war, die dräuende Leinwand hingegen nichts für Farbe übrighatte, aber viel für markante Gesichter.

Es kam Peg so vor, als hätte ein mesopotamischer Gott Hollywoods weiße Elefantenstatuen aufgestellt und als stünde am Himmel nicht die kalifornische, sondern eine babylonische Sonne. Hol-ly-wood-land. Viersilbiges Wunderland, Land der himmlischen Körper. Peg liebte es, für *Batseba* zu proben, es war ihre erste Rolle in einem Film. Sie war eine von eintausend Statisten, die für die Rollen der Tänzerinnen, Eunuchen, Soldaten, Köche, Sklaven und Palmwedler um die Geliebte des Königs herum vorgesehen waren. Peg verdiente zwei Dollar am Tag und dazu gab es am Mittag eine Lunchbox umsonst. Abends kam sie müde, aber erfüllt nach Hause. Das Gras im Vorgarten ihres Bungalows, den sie sich mit der rothaarigen Gilda aus Nebraska teilte, die ebenfalls Schauspielerin werden wollte, war gelb und nicht grün und dick wie vor den Häusern der Produzenten, aber das machte Peg nichts aus.

Sie traf auf Herrn Schnitz, einen vorübergehend aus Wien immigrierten Regisseur, der später zur Gestapo gehen sollte und der schönste Mann war, den Peg je gesehen hatte. Er mochte sie ebenso, mochte ihr kantiges Gesicht, den schmalen Mund, und nahm sie mit zu Bruno, um Fotos zu machen: Peg im langen schwarzen Rock, mit entblößter Brust und Diamantcollier. Sie war makellos schön. Zu Hause im Bungalow in Beachwood Canyon klemmte sie das Bild an ihrem Schminkspiegel fest. Wenn Herr Schnitz kam, um mit ihr zu schlafen, sagte sie »nur von hinten bitte, Mr. Schnitz« und stellte sich vor den Schminktisch. Während Herr Schnitz sich an ihr zu schaffen machte, blickte sie tief in ihr strahlendes Silberoxidgesicht und nie in ihr echtes, das verkniffen war vor Anspannung, rot und verschwitzt, weil Herr Schnitz ihr gelegentlich wehtat.

Zusammen mit der Großen Depression kam zunehmend Farbe in den Film. Herr Schnitz, der auch der Regisseur von *Nun kommst du eben doch* gewesen war, der letzten Schwarz-Weiß-Komödie, in der Peg mitspielte, heuerte sie für die Rolle der Terry in seiner ersten Farbfilmproduktion an. Technicolor war die Zukunft, da war sich Herr Schnitz sicher. In *Macht, was ihr wollt* ging es um eine debile Bauerntochter aus dem Mittleren Westen, die sich in einen noch debileren Farmer verliebt, der sie nicht will, sondern von einer Karriere als Soldat träumt. Die wildeste Szene ist die, in der die beiden im Stroh herumrollen und sich schimpfend küssen.

Doch Peg kam in dieser Szene so schnell ins Schwitzen, und in allen anderen eigentlich auch. Das gehe einfach nicht, das hätte man in Schwarz-Weiß noch irgendwie kaschieren können, aber in Farbe und dann dieses rote Gesicht – unmöglich, schimpfte Herr Schnitz eines Nachmittags und riss vor Wut ein Kamerakabel aus der Wand. Als Peg sich erkundigte, was Farbe mit Schweiß zu tun habe, sah Herr Schnitz sie nur mitleidig an.

Es war wie der Übergang in die Verdammnis. Wo Peg einst schwarz-weiß und wunderschön aufgetreten war, mit Cape und Wasserwelle, auf Chaiselongues ruhend oder alte Gärten durchstreifend, trug Herr Schnitz ihr nun auf, für ihre Rolle als Farmerin des realistischen Effekts halber die Haare nicht mehr zu waschen. »Sonst feuere ich dich«, drohte er. Schon nach vier Tagen hingen die Haare strähnig und wie im Ofen gebacken an Peg herunter. Jeden Morgen vor den Dreharbeiten wurde sie mit einer dünnen Ölschicht eingesprüht und dann kam der Maskenbildner, um sie mit Staub einzureiben. »Gebraten und paniert«, scherzte er. Peg musste ein rotes Kleid mit einem weißem Kragen tragen und ihr rotes Gesicht wirkte noch röter. Ihre Kopfhaut begann zu jucken und unter den Achseln zeichneten sich Schweißringe ab. »Wunderbar, so echt!«, jubelte die Kostümbildnerin und klatschte in die Hände. Und tatsächlich, Wundersames geschah: Peg begann, sich wie eine ernsthafte Schauspielerin zu fühlen, die sich auch körperlich in ihre Rolle versetzen muss. Sie war, so träumte sie, auf der anderen Seite angekommen, in der Welt der bunten Filmplakate und der großen Gagen. Das Leben in Hollywoodland fühlte sich wieder verheißungsvoll und ausgedehnt an, wie ganz am Anfang.

Doch Herr Schnitz mochte sie in Schwarz-Weiß. Als er begann, sie auf der Leinwand in Farbe zu sehen, hörte es auf. Er hörte auf, sie am Schminktisch zu besuchen, und damit hörte auch Peg Entwistle auf. Herr Schnitz wollte sie nicht mehr anfassen, am Morgen wartete sein großer, weich gepolsterter Wagen nicht mehr vor ihrem falben Bungalow in Beachwood Canyon, um sie zum Studio zu fahren, wo sie direkt vor der Tür elegant ausgestiegen und begrüßt worden war. »Guten Morgen, Madame Entwistle.« Keiner nannte sie mehr so. Mit Technicolor war sie zu Peg geworden.

Peg hatte den Sprung zum Farbfilm also nicht geschafft. Auf die Pickel, die Schweißtropfen, auf die unvorhergesehenen Flusen und Runzeln war weder sie noch Herr Schnitz vorbereitet gewesen. Vor lauter Stress und Aufregung über Herrn Schnitz' garstige Blicke wurde auch ihre Stimme zu hoch und fistelig. Doch es war ihr Gesicht, das am meisten störte. Die Libellenflügelbrauen, darunter die Augen, die in Schwarz-Weiß ausgesehen hatten wie fluoreszierende Seen und nun zu groß und wässrig wirkten. Der Mund, zu klein und blass. Auch Lippenstift konnte ihn nicht retten. Peg fing niemanden hinter der Kamera mehr ein, obwohl sie besser spielte denn je.

Als *Macht, was ihr wollt* abgedreht war, blieben die Rollen aus. Peg war allein. Sie blieb allein zu Hause, wenn Gilda zu ihren Drehs fuhr. Da Peg immer weniger Geld hatte, ging sie selten weiter als bis zum

Santa Monica Boulevard, wo sie die Geschäfte entlangstrolchte. Sie band dafür eine Boa um, die in der Mitte, dort, wo sie am Nacken auflag, dünn und ausgefleddert war, aber die Federn kaschierten ihr einst volles, goldenes, nun immer fransiger werdendes Haar. Manchmal kaufte sie einen Soda Pop bei Jimmy's Jimbo, saß lange und nachdenklich auf einem der hohen Stühle am Fenster und schaute zu der Tankstelle auf der anderen Seite der Straße hinüber.

Pegs Bungalow in Beachwood Canyon war nicht anmutig und pastellfarben wie die in Beverly Hills, sondern bräunlich und flach. Der Garten war bis auf das gelbe Gras kahl, zwei von Spinnenweben verhangene Kakteen lehnten müde an der Hauswand. Drinnen war es dunkel, weil die Sonne tagsüber so blendete, dass Peg die Vorhänge zuzog. An ihrem letzten Nachmittag schminkte sie sich im Dämmer vor dem Spiegel mit den kleinen runden Lämpchen dran. Die Schwarz-Weiß-Fotografie von Bruno hatte sie schon lange abgenommen. Als sie auf die Straße trat, war ihr Gesicht zu blass, ihr Mund zu rot geschminkt. Von den Wangen flockte das Rouge. Peg liebte sich, doch das zählte nicht mehr. Ganz oben in ihrem Kopf, gleich unterhalb des Haaransatzes, atmete es wund.

Auf den Mount Lee also. Hollywoodland. Sie hatte den dreizehnten Buchstaben ausgewählt, wenn man von hinten zu zählen begann. Hollywood hasste die Dreizehn. Bevor Peg auf das fünfzehn Meter hohe H kletterte, legte sie den Mantel und die Schuhe ab. Die Handtasche auch. Darin lag ein zerknülltes kleines Zettelchen, das die Polizei erst viel später finden sollte. Peg hatte von Hand draufgeschrieben: »Ich fürchte, ich bin ein Feigling. Es tut mir leid. Hätte ich es früher getan, hätte es viel Schmerz erspart. P. E.«

Es war ein seltsames Gefühl, so hoch über der Stadt zu stehen, einen Fuß bereits in der Luft. Der Wind fuhr Peg durchs dünne Haar. Das dünne, liebe Haar. Ein Clown, der vergessenen Träumen nachweint.

Unten in der Stadt nahm Pegs Mitbewohnerin Gilda einen Anruf entgegen. »Oh, wow, eine Hauptrolle? Für Peg? Sie ist gerade nicht da, sie ist spazieren. Sie kommt bald. Wie sie sich freuen wird!«

Pegs Kleid bauschte sich noch einmal auf und sie fiel.

Schweiß

Hyperbole! de ma mémoire
Triomphalement ne sais-tu
Te lever, aujourd'hui grimoire
Dans un livre de fer vêtu
»Prose pour des Esseintes«, Stephane Mallarmé

Der Sommer, in dem die Zwillinge die Jungfrau Maria sahen, war der Sommer, in dem sie starben. Wind wehte Rosenblätter über den Asphalt unseres Dorfes von der Farbe alter Milch. In der Ruine nahe beim Schloss lag viel zu lange eine tote Taube. Bis heute scheint uns die Taube im Rückblick ein böses Omen, ein vom Himmel gefallenes Auspizium, das den Tod derer vorwegnahm, die in die Sache mit der Jungfrau verwickelt waren. Denn nicht nur die Mädchen starben. Auch Monsieur Frappon. Und oben im Schloss nahm die Herrin sich sechs Jahre später das Leben. Die Herrin war keine Baronin oder Herzogin. Sie war eine Deutsche, die es in Paris zu etwas gebracht hatte, und dann hatte sie reich geheiratet. Wie es einer mittelmäßigen Schauspielerin ziemt, hatte sie passend zu dem Haus, in dem sie lebte, den Habitus alten, vorrevolutionären Adels kultiviert. Mehlweiße Augenlider, hohe

Stirn. Die Stimme klagend und gebieterisch. Ihr Körper weich und hart zugleich.

Sie hinterließ einen Abschiedsbrief, den sie mit einer besonders schönen Unterschrift versehen wollte, der Unterschrift einer Königin, doch das schaffte die Herrin nicht, denn der Stift fiel ihr vorher aus der Hand. Sie schrieb, die Zwillinge hätten Maria gesehen und deswegen sterben müssen. Und nun würde sie sich das Leben nehmen. Es sei ihr Geschenk an Gott, die Sühne der Herrin vom Schloss, schrieb sie, und seltsamerweise fand das nachher nirgendwo Erwähnung. Doch ich hatte sie gefunden, wie sie da im Sessel mehr lag als saß, den Kopf zur Seite geknickt, und zu schlafen schien. Ich hatte ihr das Papier aus der gekrümmten Hand genommen und genau gelesen, was auf dem Zettel stand. Im größten und schönsten Zimmer des kleinen Schlosses, dem mit den Stillleben an den Wänden, hatte sie sich getötet. Es war das Zimmer, in dem ich immer zuerst sauber machte, und ein paar Tage lang dachte ich, wenn ich nur noch früher gekommen wäre als sonst, hätte ich sie retten können. Die Woche darauf aber erfuhr ich, dass sie schon am Vorabend gestorben war. Das stellte die Obduktion fest.

Als ich an dem Mittag, nachdem ich sie gefunden hatte, die feuchten Handtücher von den Liegen am Pool einsammelte – denn warum hätte ich an ihrem Todestag auch aufhören sollen sauber zu machen? –, kam ihr Mann, der Schlossherr, und setzte sich zu mir. Sein Rücken war krummer als sonst. Schwer. »Sie ist fort«, sagte er und seine Stimme klang nach Holz. Er hoffte vielleicht, dass das Plätschern des Pools seine Worte dämpfen würde, aber sie klangen laut in mein Schweigen hinein. Ich holte das Netz aus dem Schuppen und begann, die Wasseroberfläche von Libellen und Bienen zu säubern. Unten auf dem Grund lag eine Blindschleiche. Sie wand sich noch.

Was haben die Mädchen damit zu tun? Für mich, für das Dorf bis heute alles.

Das Château liegt auf einer Anhöhe und ist von einem Garten umgeben. »Ein Königsgarten«, sagte die Herrin einmal lachend zu mir und hob das Glas. Das war ganz am Anfang. »Und du, mein Hoffräulein, verlassen bei den Beeten. Mit wem flüsterst du da?« Drinnen graue Ahnengemälde, Wappentruhen, Eisenschilder. Von der Terrasse aus konnte man unser bleiches Dorf Bouchard sehen. Den Kirchturm und dahinter nur Wiesen. Oft traf ich die Herrin mittags in der Küche an. Einmal, fast schon gegen Ende ihres Lebens und meiner Zeit bei den Herrschaften, denn ohne sie brauchte er mich recht bald nicht mehr, saß sie am leeren Küchentisch und hatte die Hände vor sich auf den Tisch gelegt. Ihre Finger waren grün. Sie habe die Blumen im Garten ausgerissen, sagte sie und schaute nicht zu mir auf. Ich brachte gerade die Teller vom Frühstück herein. »Die Blumen. Sie waren so schön und sie sind für mich gestorben. Ohne Laut. Ich dachte, ihr Blut sei weiß. Es ist grün.«

Sie war acht Jahre älter als ihr Mann. »Was wolltest Du einmal werden, als du ein Kind warst?«, hatte er sie eines Tages gefragt. So erzählte sie es und lächelte dabei. »Ich wollte sterben«, habe sie geantwortet. Sie war damals fünfundzwanzig Jahre alt und es war wichtig zu leben. Nach der Schulzeit, die sie in einem Internat in der Schweiz verbracht hatte, ging sie studieren. Und sie ging in die Kirche. Sie wurde Dichterin ohne Ambitionen, dann, in Paris, schauspielende Dichterin mit zu vielen Ambitionen. Ihre Stimme hatte einen geborstenen Klang. Nie verspürte sie das Bedürfnis zu schlafen und nahm dennoch Schlaftabletten. Schon früh in der Ehe zeigte der Schlossherr genau die autistischen Tendenzen, vor denen seine Mutter sie gewarnt hatte. Sie redete viel, er wenig. Sie passten gut zusammen. Zwei Wracks. Als er einmal betrunken nach Hause fuhr, krachte sein Wagen in das Tor des Schlosses. Ab da redete er sich ein, er spüre keinen Schmerz. Auch er begann mit den Schlaftabletten. Bald zankten sie sich wie zwei alte Junkies um Rohypnol und darüber, wer von ihnen mehr geschlafen hatte. Ihre Münder schmeckten nach Wermut. Sie bespitzelten sich. Und ich beobachtete sie dabei. Nicht, weil ich gewollt hätte. Sie waren einfach da und ich war benommen. Zwei Jahre war ich bei ihnen und mir schwindelte jedes Mal beim Saubermachen. Mein Körper folgte ihren Gedanken, nicht meinen. Es ist etwas völlig anderes, Menschen in ihrem eigenen Zuhause zuzuschauen als im Bus oder in der

Schlange im Supermarkt. Ich war zur vergessenen Beobachterin der Gesten anderer geworden.

Der Herr schwamm immer, die Herrin nie. Er schwamm selbst im Winter und dennoch waren seine Schultern schmal und hell. Das Schloss hatte seinen Ahnen gehört. Es liegt hinter einer von Pflanzen überwucherten Mauer aus Stein. Die Auffahrt ist lang, dunkel und feucht, weil die Bäume im an die Mauer angrenzenden Wäldchen so dicht stehen, der Rest des Anwesens ist hell und weit. In der Schule lernten wir etwas über die Architekturgeschichte des Schlosses, was besonders spannend war, denn der Schlossherr lebte hier ja noch, war gewissermaßen der »Herr« von Bouchard, auch wenn das nicht stimmte – er fuhr einen Ferrari und war Anwalt in Paris –, es störte die Bewohner Bouchards nicht. Ins Schloss hinauf gelangt bis heute fast nie jemand. Die Menschen, die in Bouchard leben, waren und sind zu schlicht. Metzger, Schlosser, Bäcker hatten keinen Grund, zum Schloss hinaufzufahren. Mein Vater allerdings schon. Er war Bouchards Notar und beriet die de la Mottes, so hieß das Paar, in Grundstücksfragen. Dass ich bei ihnen als Putzfrau anfing, passte meinem Vater gar nicht. »Du sollst dich um dein Studium kümmern, nicht arbeiten.« Doch meine Neugierde war zu groß. Die Zwillinge waren hier gewesen. Ich wollte sehen, was sie gesehen hatten.

Die Mädchen starben also damals im Sommer, kurz nachdem Maria erschienen war. Dieser Sommer war langsamer und dichter als sonst. Bäume und Büsche standen eng und waren von einem tieferen Grün. Den Kühen von Bauer Maurier ging die Milch aus, manche magerten ab und verendeten, mitten auf der Weide, mit zum Himmel verdrehten, offenen Augen. Nur das Weiß ihrer Augäpfel war zu sehen. Der Bauer vermutete Würmer, aber der Tierarzt fand nichts. In diesem Sommer sausten die Zwillinge auf ihren Fahrrädern herum, zwei hellrote Blitze, aus dem Dorf raus, die Hügel hinauf, wieder hinunter. Sie standen in den Pedalen. Sie waren vierzehn Jahre alt, die Haare rot und glänzend wie Klingen. Sie gehörten zusammen. Sie dachten dasselbe, sagten sie. Nur ihre Träume waren anders. Sie unterhielten sich über ihre Träume, versuchten, sich an sie zu erinnern, in langen, tuschelnden Gesprächen, als würden sie Schmetterlinge fangen oder Rehe jagen.

Olympe und Valle. Nein. Valle-und-Olympe. So herum. Alle im Dorf sagten es so herum. Da kommen Valle-und-Olympe. Ihr Vater sagte es so, die Lehrer, wir Schüler.

Es war heiß in diesem Sommer, dunstig und so schwül, dass in den Speichen der Fahrräder glitzernde Wassertropfen hingen. Draußen tränten unsere Augen und zu gehen fühlte sich an, als rudere man flussaufwärts. Wir alle kauften Eis bei Monsieur Frappon, dem Eismann, der grobe Hände hatte und eine rot-weiße Kappe trug. Valle nahm Haselnuss und Olympe auch. Immer. Ich nahm Erdbeere.

Wir waren eifersüchtig auf die Zwillinge. Sie waren so froh, so zusammen, so gleich. Manchmal schlugen sie andere Kinder, mit denen sie in Streit gerieten. Valle nahm die Fäuste, Olympe einen Gegenstand. Ich bewunderte die elegante Brutalität ihrer Gesten. Niemand von uns hatte ein Zwillingsgeschwister, unsere Schwestern und Brüder wirkten schal und einfallslos.

Die Zwillinge spielten fast nie mit uns. Sie fuhren durch hohes Gras, durch weiße, trockene Blumen. An den Lenkern hatten sie Troddeln, die im Wind wehten. Von einem Dorfende zum anderen flogen sie die Häuser entlang, durch die Landschaft. Apfelbäume, Birnbäume, Wiesen. Sie sausten auf den Fahrrädern aus dem Dorf hinaus zur Ruine und oft noch ein Stück weiter Richtung Schloss, das durch ein Wäldchen vom Dorf abgegrenzt lag oder in das Wäldchen hineinwuchs, wie man es nimmt. Am Rand des Wäldchens schmissen die Zwillinge ihre Fahrräder an der stets gleichen Stelle hin und verschwanden im Grün. Die Fahrräder lagen immer parallel zueinander im Gras. Valle-und-Olympe spielten »der geheime Garten«. Sie liebten das Spiel, die Hitze. Im Winter liebten sie den Schnee, aber für uns gehören sie bis heute zum Sommer. Sommerkinder. Dass sie in diesem Sommer sterben würden, kurz nachdem sie die Jungfrau Maria gesehen hatten, das wussten sie nicht.

Im Juli, am heißesten Tag des Jahres, an dem über Bouchard ein Schleier aus Wassertropfen und Sonnenlicht hing, erschien den Zwillingen eine Frau. Hinten bei der Ruine. Ihr Kleid war blau und der Mantel schürfwundenrot. Das schönste Gesicht der Welt habe die Frau gehabt, sagten Valle-und-Olympe. Sagten sie daheim und ihre Eltern schüttelten den Kopf. Sagten sie in der Schule und die meldete es dem Priester, der die Kinder vorlud. Und hinter der Frau sei ein Mann mit einer Trompete gewesen, sagte Olympe, bestätigte Valle. Oder war es ein Gewehr? Hier begannen sie zu stottern, ihre Erzählung wurde aufgedunsen, schwammig. Sie hätten sofort gewusst, dass die Frau die Jungfrau Maria sei, sagten sie dem kopfschüttelnden Polizisten, der sie im Dorfladen beim Stehlen erwischt hatte. Die Zwillinge wollten Kerzen stehlen, um sie dort aufzustellen, wo ihnen Maria erschienen war. Maria habe ihnen befohlen, in das Wäldchen in der Nähe des Schlosses zu gehen und Blumen von einer Lichtung zu essen. Dort werde bald heiliges Wasser entspringen, habe sie gesagt.

Valle-und-Olympe waren arm, sie stammten aus einer der ärmsten Familien Bouchards. Ihr Vater, Monsieur Simone, war Schrotthändler und arbeitete im Sommer mit nacktem Oberkörper, immer nur draußen. Seine Haut war dunkelbraun und die Brustwarzen dunkelrot. Bei der Bestattungsfeier saß er ganz vorne in der Kirche und wir sahen ihn zum ersten Mal im Hemd. Sein Nacken war dunkel wie ein Kotelett.

Für die Beerdigung hatte sich das ganze Dorf in der

fahlen und auch für normale Gottesdienste zu kleinen Kirche versammelt, in deren Garten Priester Viande Gemüse anbaute. In jeder Ecke standen Ventilatoren. Die Zwillinge lagen in identischen Särgen; der pinke Satin, mit dem sie ausgeschlagen waren, bauschte sich um ihre schmalen Körper wie Geschenkpapier. In den Händen hielten sie Tulpen. Sie rochen nach Vanille und Blättern, zumindest stellte ich mir das so vor. Ihre Gesichter waren hell und fein. Valles glänzte wie Plastik und Olympes wie Emaille. Das war der einzige Unterschied, ein Hauch, ein Glanz der Oberfläche. »Ihre Aura«, sagte meine Mutter auf der Bank neben mir und drückte ein Stofftaschentuch an ihre Wange. Sie weinte. Noch am selben Tag wurde der Eismann verhaftet.

Die Eisdiele lag an der Hauptstraße gleich neben dem Geschäft mit den Kruzifixen und Erstkommunionskränzen und gegenüber der Kirche. Bernard Frappon, so stand es in der Zeitung, hatte sie von seinem Großvater übernommen und lebte alleine in der Wohnung darüber. Er gab die Eiskugeln langsam und sachte aus, legte sie mehr auf die Waffeln oder in die Becher, als sie zu drücken. Nie kleckerte er. Er hatte blasse, wie ausgewaschene Augen und einen kleinen Mund, der versuchte zu lächeln. Und diese groben, leicht gedunsenen Hände. Wir schauten ihm nie direkt ins Gesicht, immer etwas an ihm vorbei. Manchmal prusteten wir einfach los, wenn er uns das Eis gab. Wir ärgerten ihn, aßen sein Eis so schnell, dass es uns hinter den Augen wehtat. Er gab es uns immer, bevor wir zahlten, und manchmal rannten wir damit einfach weg. Nie rief er uns hinterher. Wenn wir das nächste Mal ein Eis bestellten, wies er uns nicht darauf hin, dass noch Geld fehlte, dass wir ihn bestohlen hatten. Wortlos schichtete er die rosafarbenen und braunen Kugeln erneut für uns auf und reichte uns die Eistüten mit so etwas wie Abneigung in den wässrigen Augen. Doch wir schämten uns nicht.

Valle-und-Olympe, die vor Monsieur Frappon wegrannten. Die immer wieder zu ihm kamen, manchmal mehrmals am Tag. Eis kauften. Nicht zahlten. Die die Serviettenstapel umschmissen, den Behälter mit den bunten Plastiklöffeln. Im Nachhinein sagten alle, Monsieur Frappon sei schon immer komisch gewesen. Diese Blässe. Die weichen Schultern, das kindlich runde Gesicht, obwohl er doch alt war. Er habe wie die Kinder sein wollen, sagten die Erwachsenen, die natürlich genau wussten, dass wir ihn gepiesackt hatten, die aber nicht wussten, dass die Zwillinge es am schlimmsten getrieben hatten. Sie waren wild. Auch in der Schule saßen sie nie still. Ihre Schuhe schlugen laut gegen die Stuhlbeine. Da sie fast immer dasselbe dachten, dachten sie auch die lustigen Dinge gemeinsam. Und sie sahen Dinge, die wir nicht sahen. Im Unterricht schauten sie sich plötzlich an und kicherten so, dass es wie Schluckauf klang, und manchmal steckte es uns an und wir lachten mit. Am schlimmsten und lautesten war es, als Madame Sardie, die Biologielehrerin, einmal einen Frosch im Hals hatte und so stark hustete, dass ihr ein Krümel aus dem Mund und auf das Klassenbuch fiel. Als sie ihn wegwischte, hinterließ er auf dem Papier eine beige Schmierspur. Wir brüllten vor Lachen, allen voran die Zwillinge, und Madame Sardie rannte schluchzend aus dem Klassenzimmer. Hat sie die Zwillinge später vermisst?

Monsieur Frappon starb im Gefängnis, noch bevor die Gerichtsverhandlung begann. Er war unschuldig, doch Bouchard brauchte einen Sündenbock und er wusste das. Er wand sich das Bettlaken um den Hals und befestigte das andere Ende am Bettpfosten. Auf allen Vieren robbte er immer wieder vorwärts, bis sein Genick brach. Seine Unschuld beteuerte er bis zum Schluss, vergeblich und absurd, vermuteten doch alle insgeheim dieselbe Täterin, sagten es aber nicht.

Als meine Mutter und ich einmal im Dorf einkaufen gingen, trafen wir beim Gemüse Madame Simone, die Mutter der Zwillinge. Sie hatte noch vier weitere Kinder. Sie war groß und dick, ihr Mund versank im Fett. Sie weinte, als sie mich sah, drückte mich an ihren Busen, ganz fest an ihren massigen Bauch, und flüsterte meiner Mutter über meinen Kopf hinweg Dinge über die Zwillinge zu. Wenn die eine stürbe, würde die andere es wissen und mit ihr sterben, habe Olympe immer gesagt, habe Valle gesagt. Madame Simone war die einzige Person, die die Reihenfolge der Namen ihrer Töchter änderte. Olympe, Valle. Und so war es ja auch gekommen. Maria habe die Mädchen geholt. Ganz gewiss war es so, sie waren nun Engel. »Und die Teufelin lebt noch unter uns.« Madame Simones Stimme klang zischend wie reißende Seide und meine Mutter wechselte das Thema. Sie wusste genau, wen Madame Simone meinte.

Wir erfuhren nie, was die Jungfrau Maria nun wirklich zu den Zwillingen gesagt hatte. Und erst viel später verstand ich, meinte ich zu verstehen, wer die Teufelin war, denn Madame Simone hatte mir ein Buch von den Zwillingen gegeben. Zwischen den Seiten des Buches hatten sie Blumen gepresst, die mir entgegenfielen. Die Grabesblumen ihrer Tagebücher.

Auch sie habe die Worte der Jungfrau gehört, sagte die Herrin zu mir. Von den Zwillingen, die bei ihr häufig zu Gast waren, die einzigen Kinder, die das Schloss betreten durften, das Schloss und den Garten. Sie habe ihnen das Labyrinth gezeigt, erzählte sie und ihre Stimme wurde ganz hell vor Glück, als sie sich erinnerte. Valle-und-Olympe, Valle, Olympe. Bleibt bei mir, bat die Herrin sie. Doch die Zwillinge lachten. Sie wollten weg von der Herrin, die ihnen unheimlich erschien, blieben aber, weil es das Schloss war und sie die Auserwählten.

Im Sommer ist Bouchard grün und dunstig, die Sonne blass und hell. Ab Oktober wird es winddurchwaschen, hohl und riecht nach Erde und Pilzen. Die Häuser haben dann die Farbe von Asche. In Bouchard wirken die Städte undeutlich und weit weg. Im Schloss scheinen sie noch weiter weg. Ein apathischer Vorfahre des Herren hat im Schlossgarten ein pompöses Gartenhaus, kleines Trianon genannt, erbauen lassen, eine aufmüpfige Mischung aus klassizistischem Tagtraum und quälendem Barockpomp. In das Trianon gelangt man über eine von kralligen Ästen eingefasste Veranda. Im Herbst knistern die blattlosen Zweige bei jedem sachten Windstoß. Als die Zwillinge das erste Mal die Veranda betraten, saß die Herrin auf einem mit winzigen Schwammpilzen überzogenen Lehnstuhl. Am späten Nachmittag trank sie gern Portwein. Sie nippte langsam und gebeugt an ihrem Glas. Verwelkte Gnade, abgehangenes Fleisch, umsäumt von schwarzen Kleidern. An ihren Handgelenken klimperten Armbänder aus Bakelit. »Willkommen«, sagte die Kinderlose.

Dass die Zwillinge tot waren, war aufregend. Wir vermissten sie, wir wollten sie zurück. Aber uns gefiel, dass Bouchard viele Wochen lang voller Reporter und Entsandter des Bistums war. Bis in den Herbst hinein war die Atmosphäre festlich, aufgekratzt und traurig zugleich. Vor der Kirche standen Menschentrauben, Touristen von außerhalb. Das Bistum hatte binnen kürzester Zeit den Bau einer Grotte in Auftrag gegeben, in der die Marienerscheinung nachgestellt werden sollte, nur für den Fall, dass die Angelegenheit bis zum Papst vordringen würde.

Monsieur Frappon sagte der Polizei immer wieder, er erinnere sich überhaupt nicht, dass die Zwillinge an jenem Nachmittag in seiner Nähe gewesen seien. Eis hätten sie an diesem Tag keines gekauft, nein. Aber er wollte auch nicht erklären, warum er an diesem Tag früher zugemacht hatte als sonst. Warum in ihren Mundwinkeln dennoch Reste von Haselnusseis nachweisbar waren. Das war die einzige Verbindung der toten Mädchen zu Monsieur Frappon. Haselnuss. Gefunden wurden sie einen Tag, nachdem sie nicht nach Hause gekommen waren, im Wäldchen nahe dem Schloss. Es dämmerte grau, ein Abend aus Papier. Sie lagen voneinander abgewendet, wie sie es nie gewollt hätten.

Herr Frappon sagte immer nur, er erinnere sich nicht. Er erinnere sich nicht, nein. Ratlos wischte er sich die Hände am Hemd ab. Die rot-weiß gestreifte Kappe war ihm vom Kopf gefallen, als die Polizisten ihn verhafteten. Während der Beerdigung der Zwillinge saßen der Herr und die Herrin ganz vorne in der Kirche. Stumm und hart. Man hatte den Eindruck, sie schauten durch alle Wände hindurch zu ihm in seine Zelle hinein.

Kurz nachdem sie meiner Mutter und mir im Supermarkt begegnet war, hörte Madame Simone auf, aus dem Haus zu gehen. Sie lebt immer noch in Bouchard, zusammen mit Monsieur Simone auf dem Schrottplatzgelände. Im Dorf sagt man, dass sie nun aufgedunsen sei wie ein Ballon und nicht mehr durch die Türen passe. Und der Herr des Schlosses? Hängt am Fleischerhaken alter Träume. Die Veranda ist verfallen; im Haus sind Ameisen.

Immer noch gehe ich zur Ruine und in das Wäldchen dahinter. Nie mehr stirbt dort eine Taube. Nachdem ich zum Entsetzen meines Vaters das Studium abgebrochen und den Metzger Vincent Bichon geheiratet habe, der rote Wangen hat und sanfte Hände und die besten Rilettes der Gegend herstellt, einmal sogar einen Preis damit gewonnen hat, hat mich die Gemeinheit gepackt. »Nein, es sind nicht die Hormone«, sage ich zu ihm. Ich schreie ihn an. Wenn er nur ins Zimmer kommt, rolle ich mit den Augen. Ich ertrage seine ölige Stimme nicht, die in seinem Kehlkopf zu Fett und Schmand geronnenen Anspielungen und Komplimente. Woher nimmt Vincent die Kraft, immer nett zu mir zu sein? Er ist gütig und vor Kummer gekrümmt. Unsere Ehe ist kinderlos. Ich hasse ihn, hasse ihn nicht, liebe ihn. Ich weiß es nicht mehr. Ich habe einen Liebhaber – sofern Bouchard überhaupt Liebhaber hergibt. Es ist Paul, der Nachbar, der mit seiner Schwester zusammenlebt. Beide sind schlank und groß. Jeder ihrer Gesichtszüge wiederholt sich im anderen, die feine Nase, das fliehende Kinn. Große, traurige Augen. Blässe. Sie tragen Schwarz, das hat ihr Arbeitgeber festgelegt. Wenn Paul Nachtschicht hat, hat seine Schwester Frühschicht und umgekehrt. Das Hotel, dessen Rezeption sie leiten, ist nicht in Bouchard, sondern im nahen Amboise. Dort verteilen sie feine zartblaue Gien-Teller zum Dank an

Gäste, die länger als drei Nächte bleiben, bringen Handtücher an den großen Pool, wie ich früher im Haus der Herrin.

Wenn ich in den Trümmern der Ruine mit Paul schlafe, mich in seine Schultern kralle, sein Untenherum in mich hineindrücke, über mir der offene Himmel, sehe ich merowingische, in Stein gehauene Gesichter. Maria. Jesus. Dicke, knotige Hände. Tote Brombeeraugen. Und dann sehe ich, wie es gewesen sein muss. Am Rand des Wäldchens wartete Olympe, um sie herum Gras und Libellen. Valle stand etwas weiter weg, noch bei der Ruine. »Nun komm, sie wird da sein. Komm!«, rief Olympe. Valle, die nach Hause wollte, zögerte kurz, folgte ihrer Schwester dann doch. Immer zusammenbleiben. Immer.

Kalifornische Abschiede

Emerson Street in Palo Alto, wir sitzen auf der Hintertreppe des weißen Holzhauses, das in der Dunkelheit bläulich glänzt. Die Luft ist warm, doch die Haut wird bereits kühl. Du rauchst, frage ich. Ja, manchmal, lieber kiffe ich. Ich schweige, denke an das perlige Lachen, das noch vor einer Minute aus dem Haus gedrungen ist. Drinnen Partygeräusche, Stimmen, hell und drängend, denn es geht um viel, teure Ideen, billigen Gedankenkitsch, in dem die Hoffnung auf Geld schwitzige Echos wirft.

*

Wie er sich zu ihr, meiner besten Freundin, hinüberlehnt, der Bartisch wackelt und die Luft ist zugig. Später wird die andere mich fragen, wie er das nur habe tun können, sie hätten sich erst vor zwei Wochen getrennt. An diesem Abend riecht man das feuchte Salz des Pazifik bis hierher in Haight-Ashbury, San Francisco. Auf dem Hügel über uns thront die Antenne von *Twin Peaks*; ich denke an im kühlen Herbst der Ostküste verschüttete Mädchen. Gerade hat sie Austern gegessen, ob er ihren Atem riecht, frage ich mich. Sie kichert, schiebt ihren Po in Richtung seiner knochigen Hüfte. Wie seltsam, hier zu sitzen, als vergessener Zuschauer eines Dates, um mich herum die Stadt, eine dunkel glänzende Bar und feuchter Holzgeruch mit einem Hauch Sesamöl. Später wird sie mir erzählen, der Pazifik habe ihre Schuhe verschlungen, ihn aber leider nicht.

*

In Onyx, CA, gibt es keine Tankstelle, warnt er. Louise besteht aufs Anhalten. Sie möchte nicht mehr weiter, nicht mit dem Unsinn, der sich Auto nennt, nicht mit ihm. Sie wird hierbleiben, in einem der kleinen Häuser, deren Farbe abblättert. Im Laufe der Zeit wird die Grelle der braunroten Graslandschaft trotz der dunklen Bergzacken ihre Augen zu krummen Schlitzen verkleinern. Nachts wird sie die Lieder der Tübatulabal singen. Sie wird Hirsche hören und die Schaufeln der Totengräber in der Wüste.

*

Gestern Nacht berieselte der Mond mich mit violettem Glimmer, als ich, an die Kühlerhaube gelehnt, auf der Waschbären ihre Fußabdrücke hinterlassen hatten, mit unter der Bluse geöffnetem BH ein Martini-Lachen verschluckte. Kurz zuvor noch hatte seine Hand auf meiner gelegen, darunter die im dunklen Licht flimmernde Tischdecke des alten Restaurants. Auf der Bühne hatte eine dicke Saxophonspielerin Erdnüsse in ihrem Dekolleté versenkt. Kommst du wieder, fragte er. Vielleicht, antwortete ich und wusste, dass es nicht stimmte. Denn ich werde nach Salinas fahren und im weißen Kleid für Frauenzeitschriften von der Einfachheit aschenen Glücks schreiben, das endlich kommt. Ich werde verschweigen, dass dieses Glück nur im kühlen Geruch der Feigenbaumblätter leuchtet, wenn ein knapper, pflichtbewusster Liebesgruß per SMS die Zeit für eine letzte Minute füllt.

*

Die kalifornische Traurigkeit, die uns oft am Ufer des Pazifik überkommt, vor allem wenn es neblig ist. Denke nie, dass ich dich nicht begehre, sagt er. Wir sitzen auf einer roten Decke auf dem Sand, er legt meine Hand auf seine Hose. Hier, da, fühlst du, fragt er. Ja, sage ich und stelle mir vor, wie wir eines Tages in einem hexagonalen Holzhaus in den Wäldern von La Honda leben werden; ein pillenförmiges Steroid, in dem einst eine andere Familie gelebt hat. Bei uns zu Gast sind Maler, die uns jeden Morgen Empfehlungsschreiben europäischer Gönner unter der Tür hindurchschieben. Manchmal kommt ein Gürteltier zur Tür herein, schnuppert langsam an den alten Schuhen vor dem Yogaraum. Es lauscht eine Weile der Arie des Tenors »in residence«, hält mir schüchtern eine Anemone hin (nein, nicht die aus dem Meer, die aus dem Adlernest gleich nebenan), um dann an das Ufer des Baches hinterm Haus zu treten, wo kleine weiße Tonhasen nacheinander weggeschwemmt werden. Manchmal dauert es Jahre, bis einer das Gleichgewicht verliert.

*

Warum ich Kalifornien verlasse? Weil ich es will, weil ich die helle Sonne, die jede dunkle Gardine durchdringt, nicht mehr ertrage. Weil ich Stimmung will, wie einer mal zu mir sagte, Düsterkeit, die gut gemeinte Unfreundlichkeit der alten Welt. Weil ich meine, Europa zu brauchen, verregnete Sommer und Stachelbeeren. Weil ich wieder wissen will, wie es ist, angeschaut zu werden, während ich an einem schwarzen Lacktisch in einem Restaurant nahe der Place Vendôme sitze oder mit kastanienfarbener Suppe im Museumscafé des Jardin du Luxembourg die Sehnsucht nach alten Geschichten französischer Troubadouren stille. Warum ich Kalifornien nie verlassen werde? Weil ich nur hier verstehe, wie symmetrisch Schönheit ist.

Anmerkungen und Nachweise

Das Motto von Michel Serres auf S. 7 stammt aus: Michel Serres, *Die fünf Sinne. Eine Philosophie der Gemenge und Gemische*. Aus dem Französischen von Michael Bischoff. © der deutschen Ausgabe Suhrkamp Verlag Frankfurt am Main 1994. Alle Rechte bei und vorbehalten durch Suhrkamp Verlag Berlin.

Das Zitat von Paul Celan auf S. 18 f. stammt aus: Paul Celan, »Stimmen«. In: Ders., *Sprachgitter*. © S. Fischer Verlag GmbH, Frankfurt am Main 1959.

Eine Variation des ersten Teils der Geschichte »Buffalo« erschien unter dem Titel »Trump und die Revolution der Hausfrauen« am 13. November 2016 in *Die Welt*. Eine Variation des zweiten Teils erschien unter dem Titel »Die Mütter aus der Vorstadt entscheiden die Wahl« am 16. August 2020 ebenfalls in *Die Welt*.

Teile der Geschichte »Eierschalenrot« erschienen in einer Variation unter dem Titel »Zürich hat die Klarheit eines milden Sommerabends« am 11. Juli 2020 in der *Neuen Zürcher Zeitung*.

Die Geschichte »Sie schon wieder« ist inspiriert von Jaqueline Susann, die 1966 *Valley of the Dolls* veröffentlichte und 1974 an Brustkrebs starb. In ihrem Buch über das Tal der Puppen haben Frauen Angst vor Hollywood. Sie nehmen Pillen, wie Blanca, aber in anderen Farben und Formen.

Die fiktive Geschichte von »Peg E.« hat die der »echten« Peg Entwistle zur Vorlage, eine in Wales geborene US-amerikanische Schauspielerin, die sich am 16. September 1932 das Leben nahm. Über die Selbstmorde in Hollywood in den zwanziger und dreißiger Jahren und, wenn auch knapp, über Peg Entwistle schreibt Kenneth Anger in *Hollywood Babylon* (1959).

Inhaltsverzeichnis

One Silver Dollar 9
Eisvogel 16
Calimesa 27
Damenbart 45
Krabbencocktail 58
Ein Mann kehrt den Rücken 77
Wintersonne 89
Persephone 96
Buffalo 104
Die schwarze Witwe 121
Skizzen einer Ehe 131
Eierschalenrot 144
Sie schon wieder 147
Zugenäht 160
Peg E. 166
Schweiß 174
Kalifornische Abschiede 190
Anmerkungen und Nachweise 195